하봉수 에세이

어느 날의 일상

초판 1쇄 인쇄 2023년 02월 13일
초판 1쇄 발행 2023년 02월 20일
지은이 하봉수

펴낸이 김양수
책임편집 이정은
편집디자인 안은숙
교정 장하나

펴낸곳 도서출판 맑은샘
출판등록 제2012-000035
주소 경기도 고양시 일산서구 중앙로 1456(주엽동) 서현프라자 604호
전화 031) 906-5006
팩스 031) 906-5079
홈페이지 www.booksam.kr
블로그 http://blog.naver.com/okbook1234
이메일 okbook1234@naver.com

ISBN 979-11-5778-587-2 (03800)

하봉수 에세이

어느 날의 일상

하봉수 지음

맑은샘

어제도 오늘도 살아가고 있다. 지난 삶의 발자국을 남기고 생활의 흔적들이 이곳저곳에 남아 있다. 인생 계단을 오르다 보니 어느덧 희수(喜壽) 계단을 오르고 있다. 다시 한 번 주변을 둘러보고 삶의 자국을 회상해본다.

적덕종선(積德種善)의 삶을 살고 있는지, 반성의 기회로 삼고 건강한 삶을 계속 이어가기 위한 새로운 도전의 길을 오늘도 나서고 있다. 서울사이버대학에 입학하여 다시 학업을 계속하고 게이트볼을 치는 노인 그룹의 일원으로 지내는 하루의 생활이 건강한 내 모습이요 누가 보아도 즐겁고 행복한 인생길에서 살고 있다는 말을 듣기를 원한다.

천사 같은 집사람의 잔소리를 경청하면서 함께 여생을 건강하게 보내기 위해 걷기운동을 게을리하지 않는 것도 자랑스러운 일이다.

함께 하는 모든 분들과 즐거움을 나누면서 항상 웃음의 길만 걸어가기를 바란다.

처음 저의 자전적 수필은 살아온 발자취를 연대별로 구분하여 당시 마음의 응어리를 제거하기 위한 것으로 진실한 추억이 존재감을 지니도록 하는 것이었다. 그래서 이번 수필은 그 후 살아가면서 발생한 삶의 흔적을 보전하기 위함이다.

『인생 계단 오르기』수필집을 낸 후에 각종 문학지와 지방 신문 등에 발표된 글들은 제외하였다. 그간 미발표된 수필을 모아서 한 권의 생활 수필집을 희수(喜壽)를 기념하여 발간코자 한다.

계묘년 정초 강림에서
백천 하봉수

| 차 례 |

당신

온종일 함께하는
"아" 하면 "어"하는 사이인데
받치고 떠밀며
50여 년 지낸 세월

혼자는 외로워
둘이 같이하는
어렵고 힘든 인생의 길

고독한 길 안 가려고
서로 바로 고쳐서
정 주며 가는
즐거워하는 모습

마음은 있어도
말은 못 하고
글자로 사랑이라 쓴다

1부
나이를 먹고 보니

고쳐야할 생각들

살아온 인생을 되돌아보는 요즈음의 시간은 나로 하여금 자신에 대한 반성의 기회를 갖게 하는 것 같다. 아침 새벽 운동을 하면서도 머리에서 떠나지 않는 군 생활로 인하여 몸에 밴 성격에 관한 생각을 자꾸만 하게 한다. 그래서 이 글을 쓰면서 다시 한 번 나를 깨우치는 기회로 삼고 싶다.

첫 번째, 군 생활은 생소한 환경에서의 생활이고 집단적인 단체 생활이니만큼 규정에 의해서만, 생활이 가능하다. 그러한 규정들을 선배(고참)의 도움을 받아 배우거나 교육을 통하여 익히게 된다. 이는 곧 전투력에 관련되는 일이다. 유형의 전투력은 눈에 보이지만 무형의 전투력은 눈에 보이지 않는 정신력으로서 일당 천의 기상과 확고한 신념, 국가관의 정립으로 생각할 수 있다.

지휘관은 부하들에 대한 무한책임을 진다. 그리고 그들이 결국 전쟁터에서 적을 무찌르고 승리를 쟁취할 수 있는 정예군이 되도록 하여야 한다. 그러기 위해서 평소 갈고 닦아서 다시 말해, 부단한 훈련과 교육을 통하여 이룬다. 군의 이러한 특성으로 인하여 나의 성격 중 첫 번째는 남을 바꾸려는 생각을 품게 되었다. 그래서 나와 맞추고 다르면 이를 나와 맞추라고 요구하고 교육하려 한다.

두 번째는 적과 아군으로 구분해 버린다. 나를 기준으로 해서 편 가르기를 하는 것이다. 나의 마음에 들면 즉, 나와 비슷한 생각을 하고 있거나 행동을 하면 내 편이라 생각하고 아니면 반대편으로 고쳐야 할 대상 내지는 배척해야 할 인물로 낙인찍어 버리거나 아예 상대하지 않는다. 나는 아무런 문제가 없고 부하들에게만 문제가 있는 대상으로 치부해버리는 과오를 범하고 만다.

사회생활을 하다 보니 이러한 모난 생활태도는 여러 가지 폐해를 가져오게 하였다. 인간관계의 단절은 물론이고 말다툼도 빈번하게 일어나기도 하였다. 사람마다 가지고 있는 개성과 성품의 차이를 인정하고 군대식으로 가르쳐서 바꾸려 하지 말고 이를 그대로 우선 인정하고 그것에 대처해 자신의 행동을 바꾸어 가면 되는 것이다. 그리고 편 가르기보다는 모두를 같은 편으로 만들 수 있는 중도적 성향을 보이고 모든 사람이 좋아하는 인물이 되어야 한다는 걸 알게 되었다. 모든 문제의 대상을 남으로부터 나에게로 전환하여 나부터 반성하고 고쳐서 나아 가야만 하는 것을 알게 되었다.

세 번째로 말보다는 몸으로 행동하는 경향이 있다. 군의 특성상 행동으로 하는 생활이다 보니 자신도 모르게 말보다 몸이 먼저 움직인다. 좋은 사례로 칠순기념 행사로 온 가족이 발리로 해외여행을 가서 쇼핑센터를 구경하러 올라갔다. 손녀들이 너무 시끄럽게 떠들어서 한 명을 발로 살짝 건드렸더니 "왜 나만 때리느냐고" 항의하면서 운다. 해외까지 나와서 울고 하니 창피해서 말로 해도 안 듣고 정말 피곤한 일이었다. 괜히 말로 하면 될 걸 발로 해서 잘못했다고 손녀에게 사과하고 달래느라고 애를 먹었다.

네 번째는 급한 성격과 가질 수밖에 없다. 군에서는 항상 시간과의 싸움이다. 몇 시까지 공격개시선을 통과하라는 공격 명령에서부터 몇 시까지 완료하라는 명령을 받으면 해당 시간을 지키기 위하여 필사적인 노력을 해야 한다. 당연히 빨리해야 마음의 여유를 가질 수 있기 때문에 급하게 서두르게 된다. 살아가면서 어떤 문제에 부딪히면 이를 해결하기 위해 서둔다. 농장에 새로운 묘목을 심는 일도 다른 곳보다 빨리 심어서 도리어 손해를 본다. 때를 기다려야 하는 일을 제대로 참지 못하고 서둘러서 망친다. 병원에 가려고 미금역에서 나와 마을버스를 타기 위해 줄을 서서 기다린다. 5분 정도 기다리고 있는데 마침 51번 버스가 왔다. 타고 가면 되겠다는 생각으로 달려가서 버스를 탔다. 병원 로비에서 자주 보는 버스이고 교통비가 무료이기 때문이다. 한참을 가다 보니 반대방향으로 잘못 탄 것을 알게 되었다. 반대편에서 다시 타기 위해서 내려 카드를 확인하니 국민카드가 없다. 카드분실신고를 처음으로 하고 다시 반대편으로 가서 버스를 타고 병원으로 왔다. 그냥 조금 더 마을버스를 줄 서서 기다렸으면 시간 단축되고 카드분실사고도 생기지 않았을 것인데 하는 생각이다. 같이 가는 집사람이 계속 옆에서 구시렁거린다. 결국, 급한 성격이 만들어 낸 실수가 되었다. 앞으로 얼마나 뒷말을 들을지 벌써 골치 아프다.

다섯 번째는 직선적인 언행에서 오는 부작용을 감내해야 하는 일이 생긴다. 바른말을 잘한다는 것이 결코 잘하는 일만은 아니다. 남의 어려운 사정이나 이로운 거짓말은 덮어 줄 수 있는 아량이 있어야 하는데 그렇지 못함으로써 어려움을 자초한다. 둘러서 이야기를 하거나 간접적으로 시사하지 못하고 듣기 싫은 말을 면전에서 그대로 하는 행위는 서로의 인간관계를 어렵게 만들고 만다. 하긴 잘 알아듣지 못할 경우에는 어쩔 수 없을 때도 있다.

직업에 따른 습속은 오랜 직장 생활에서 오는 몸에 밴 자신만이 가지는 성격이다. 군인은 사회와 폐쇄된 울타리 안에서만 생활하는 관계로 인하여 일반인과 잘 어울리지 못하는 성격이 자신도 모르게 형성된다. 군 생활을 오래 하다 보니 몸에 밴 여러 가지 습관적인 언행이 결코 사회에서 쉽게 받아들여지지 않는다는 것을 조금씩 알게 되었다. 이를 고치려는 노력이 살아가면서 이루어내야 할 생의 과제가 되었다. 법륜스님의 즉문즉설을 경청하다 보면 '남

을 바꾸지 마라. 남의 일에 관여하지 마라. 부정적인 사람이 되지
마라. 근심 걱정은 나에게서 생긴다'는 말씀 모두가 한결같이 나를
보고 하는 말씀 같아서 요즈음 이런저런 반성을 하게 된다. 조금씩
고쳐 나가면서 좀 더 친화적인 삶을 살아야겠다. 배려하고 베푸는
마음을 가지고 살아가는 것이 지름길이다.

자리이타^{自利利他}

아내는 마음이 너무나 착하고 순해서 남의 입장을 항상 먼저 생각하는 사람이다. 남이 물어보지 않아도 자신이 알고 있는 데까지 설명해 주고 도움을 주는 그런 사람이다. 남을 먼저 생각하다 보니 자신이 손해 보는 걸 감수한다. 그래도 도움을 받은 사람은 고맙다는 말도 하지 않는 일이 자주 있다. 같이 다니는 나는 항상 잔소리하면서 생각 없는 악역을 하게 된다. 그리고 나의 사후 어떻게 저런 사람이 모진 세파를 헤쳐나갈 수 있을까? 하고 걱정하면서 지낸다.

아내의 나이가 올해 칠순이고 6월이 생일인 달이고 해서 2박 3일간의 식도락 여행을 갔다. 여행 기간 중 2일 차는 아침에 식사하고 금산 '보리암'을 가기로 되었다. 금산 '보리암'은 어머니가 지팡이에 의지한 채로 함께 마지막 여행을 다녀온 곳이다. 친목회에서 두 번, 산악회에서 한 번, 모두 네 번을 다녀왔다. 주차장에서 걸어서 올라갔으나 지금 차로 실어주니 편안하게 갈 수 있었다.

보리암에 도착하여 먼저 '목조관음보살좌상'이 모셔져 있는 대웅전 앞에 있는 시주함에 시주하였다. 제발 아프지 않게 해달라고 마음으로 빌고, 난 후 계단을 내려가서 태조 이성계가 기도했던 곳에 세워진 '해수 여래상'을 둘러보았다. 돌아서 나오는데 데크 마룻바닥에 떨어진 신용카드를 아내가 주었다. 나의 신용카드와 비슷하여 자세히 살펴보고 난 후 '누가 흘린 건지?' 생각하면서 아내에게 돌려주었다. 주차장으로 내려와서 다음 목적지로 이동하는 여행 버스 안에서 바로 내 옆에 앉은 분이 카드 분실 신고하는 목소리를 듣고 잠깐 신고를 중지하게 한 후 주워온 카드를 보여주었더니 본인 것이 맞는다는 것이다. 자신의 핸드폰 케이스에 끼워둔 게 빠진 것이라고 한다. 우연의 일치로 카드는 주인을 찾아가게 되었다.

그런데 카드를 받은 사람은 고맙다는 말 한마디 하지 않고 자신이 신고하면 그다음부터는 카드를 못 쓴다는 말만 하는 것이다. 얼핏 듣기에 혹시 카드를 주운 분이 흑심을 갖고 카드를 가지고 있었는지 하는 생각을 하게 하였다.

속으로 괘씸한 생각이 들었다. 그래서 불편한 마음으로 하루를 보낸 후 마지막 날 여행사 가이드가 보는 가운데 같은 회사 발행의 내 카드를 보여주면서 분실해서 찾아준 일을 이야기했다. 가이드가 그러면 한턱내야 하는 게 아니냐며 카드 주인에게 이야기해도 카드 분실로 오는 자신이 불편함을 이야기하면서도 고맙다는 말은 하지 않았다.

'순천 국가 정원' 관람을 마치고 나오다가 앞에 가는 여자분이 목도리를 길에 떨어진 걸 모르고 그냥 가는 걸 아내가 주어서 주었더니 같이 가던 남자분이 고맙다고 말한다. 금방 답례를 할 것 같은 진정성 있는 고마움의 표현이었다.

해양 바이크를 타면서 모자를 두고 내린 걸 주워 주인을 찾아주는 등 여행 기간 중 주워 주인에게 돌려준 일만 3회이고 휴대용 모기약으로 치료해주거나 노인에게 따뜻한 말과 식사 때 시중을 들면서까지 타고난 성품을 그대로 보여주었다.

신용카드를 분실하면 신고부터 재발급까지 제법 번거로운 일이 발생하고 그러한 일을 하지 않게 되었다는 사실을 자기 입으로 이야기하였다. 그러면서도 고맙다는 말 한마디를 하지 않는 사람과 걸어가면서 떨어뜨린 머플러를 주워준 사람에게 고맙다고 말하는 사람을 비교해본다. 사람 됨됨이의 문제로밖에 생각할 수가 없다. 남이 베푼 은혜를 고맙게 생각하지 못하는 인간으로서의 기본적 소양이 갖추어지지 않은 분으로 생각할 수밖에 없었다.

'보리암'의 기념품 판매소에 들러서 언제 다시 이곳에 올지 기약할 수 없고 어머니와 함께 온 곳으로 영원히 기억할 마음으로 가격만 보고 행운 염주를 두 개 샀다. 계산하는데 가격을 천 원 더 부른다.

"아주머니 지금 가격을 노트에 쓰고 계산하는데 틀리면 어떡합니까?"

깜박했다는 대답으로 대신한다. 몇 초 사이에 깜박했다니 조금은 이상하다고 생각을 했다.

버스 안에서 자세히 보니 나의 것에는 '보리암'이라는 글자가 새겨져 있고 아내의 염주에는 자리이타(自利利他) 견성성불(見性成佛)이라는 글자가 새겨져 있었다. 자리이타(自利利他)는 다른 사람을 이롭게 하는 것이 곧 자신을 이롭게 한다는 뜻으로 쓰인다. 이러한 정신의 실천을 '자리이타행'이라고 한다. 그 이유는 온 우주가 하나로 연결되어 있기 때문이다. 남을 위하는 것도 이 사회를 위하는 것이고 그것이 결국 모든 사람에게 이익이 되기 때문이다.

견성성불(見性成佛)은 선종에서 깨달음을 설명한 말로 교학에 의지하지 않고, 바로 사람의 마음을 직관하여, 불(佛)의 깨달음에 도달하는 것. 불교에서 자기의 본성을 보아 부처를 이룬다는 뜻이라 한다. 선종에서는 모든 사람이 불타의 성품을 가지고 있다고 보기 때문에 독경이나 좌선 · 예불 · 계율과 같은 수행의 형식을 중요시하지 않으며, 단지 마음을 닦아서 자기의 본성을 보아 부처를 이룰 것을 주장한다.

남을 배려하는 마음으로 봉사한다면 결국 자신의 마음을 평화롭게 하고 자신을 위하여 행하는 일이 되는 것으로 생각할 수 있다. 그러한 선한 일 들이 모여 덕을 쌓고 이는 인생을 살아가는 데에 간접적으로 많은 도움이 될 것이다.

이번 여행에서 신용카드를 주워서 본인에게 전해준 일이나 머플러를 주워준 일들도 결국은 나를 위해서 한 일이 된 것이니 고맙다는 말을 안 들어도 나에게 도움이 되고 결국은 자신의 마음을 즐거움과 행복감으로 채울 수 있게 된다는 생각으로 만족해야 할 것 같다.

마음의 봄

작년 겨울에 어렵고 힘들게 새로 들인 수돗물이 얼마나 잘 나오는지 겨우내 떠나있으면서도 항상 신경이 쓰였다. 그리고 수도 파이프라인을 다시 덮은 잔디 덩어리들이 제자리를 찾아갔는지, 시골집에 대한 막연한 희망을 안고 이곳으로 부랴부랴 달려왔다. 중국 우한에서 시작된 '코로나 19' 사태는 마음의 부담이 되었다. 연일 방송으로 듣는 예방수칙과 갑자기 오르기 시작한 확진자 숫자는 더 이상 도시에 있을 이유를 없게 하였다. 시골은 그래도 공기만은 편안하게 마실 수 있을 것이기 때문이다.

더구나 올해 겨울은 추운 날이 별로 없어서 올 농사는 더욱 강해진 병해충의 기세를 막아내야 할 것으로 생각된다. 아무튼, 그러한 이유로 시골에 경칩도 지나기 전에 내려와야 하는 일이 귀촌한 지 십여 년 만의 처음으로 일어났다.

농장에 올라갔다. 이웃집 유 사장이 한마디 한다.

"아니 아직도 추운데 벌써 농장에 무슨 일 하러 오셨나요?"

"코로나 때문에 이곳이 제일 안전한 청정 지역이라 왔습니다."로 답변을 하였다.

오늘도 연신 '코로나 19' 사태에 따른 지켜야 할 각종 예방수칙 방송이 계속되고 있다. 겨울을 보낸 농장은 쓸쓸하고 흩어진 낙엽들로 덮인 냉랭한 모습으로 농부의 손을 기다리고 있었다. 우선 받아둔 퇴비를 확인하였다. 작년에는 '서진' 비료를 사용했으나 남들이 사용한다는 '싱싱'으로 바꾸었고 퇴비는 마침 집에 있던 유 사장에게 부탁하여 받아둔 것이다. 제대로 적재되어 있지는 않았지만, 서비스로 일곱 포를 더 준 것으로 만족하였다.

먼저 작년에 심어둔 마늘밭의 비닐을 작년의 경험을 살려 벗겨주었다. 마늘은 겨울에 뿌리를 형성하고 자리 잡은 후 싹이 올라온다. 그래서 봄이 오면 비닐을 벗겨주어야 올라온 싹이 꼬부라지는 일이 없도록 하기 위함이다. 고구마밭의 표면은 거북이 등 모양으로 갈라져 있고 고랑의 잡초방제 매트 고정핀과 부식토 고정핀까지도 스스로 지상으로 올라와 있는 상태다. 추운 겨울에 얼었던 대지가 녹으면서 트기를 시작한 것이다. 밭고랑의 잡초방제 매트를 걷어내고 핀을 회수하는 일을 하였다. 고춧대를 제거하고 난 후 우선 작년 고구마를 캐면서 한쪽으로 걷어둔 마른 고구마 줄기를 모아 버리고 낙엽도 버렸다. 그리고 과수 나무에 퇴비를 주면서 가지 정지작업을 해나갔다. 마음속으로는 과수 나무에 대한 대책을 고심하면서 그래도 올해만 기다려 보자는 생각이었다.

봄은 봄인가 보다, 거대한 왕 두꺼비 한 마리가 사람이 있는 줄도 모르고 자연이 나오라는 신호에 따라 농장의 소나무 밑에서 천천히 자신의 갈 길을 가고 있다. 작은 웅덩이에는 도롱뇽이 유유히 수영하고 있는 것을 본다. 적은 웅덩이라 아직 개구리를 보지 못하였으나 보기 힘든 두꺼비며 도롱뇽을 보았으니 올해는 행운이 찾아올 것이라는 생각을 하게 되었다.

야콘밭은 작년의 찌꺼기가 가장 많이 남아있는 상태이다. 올해도 작년보다 더 많이 심을 생각이다. 고추는 반 정도의 숫자인 사십 포기 정도 심을 가하고 이곳 고추밭의 폭을 좁히면 두둑이 하나 더 만드는 작업을 해야 한다. 아무래도 고구마는 일손이 적게 드는 것으로 올해는 더 많이 심을 생각을 한다. 옥수수와 감자는 당 수치가 높아 적게 먹어야 하니 체면 유지용으로 조금만 심을 생각이다. 작년과 같이 토마토와 가지, 브로콜리, 양배추를 심을 것이다. 농장에서 나온 검정 비닐은 퇴비 비료 봉투에 모아서 버리고 낙엽은 농장 한쪽에 모아둔다. 환경을 생각하면서 농사를 해야 한다. 돌멩이 대신 2ℓ 물통에 물을 넣어 비닐을 잡아주고 있다. 잡초의 발생을 막기 위해 '카소라인'을 뿌려준다. 그리고 나무에 벌레가 발생하지 않도록 '유황합제'를 살포한다. 봄을 맞이하기 위한 준비작업인 것이다.

이웃집 배 회장이 지나가면서 농장에 들러 한마디 한다. 이곳이 청정지역이라 좋다는 말과 너무 일 많이 하지 말라는 당부를 하면서, 배 회장 동서에게 부탁한 베어내야 할 쓰러진 소나무를 확인하고 돌아갔다. 이웃 사람들도 꼼짝하지 않고 집에서 지내는가 보다. 시골도 조심조심하면서 빨리 코로나 사태가 끝나기를 기다린다. 만남도 없다. 같이 밥도 먹고 새해를 맞아 그동안 지나온 세월을 나누는 시간의 여유도 없다. 폐암으로 병원에 입원 중인 부녀회장의 안부를 묻는 일이 가슴 아프다. 요양병원엘 위문차 다녀올 수가 없다. 아직도 아침 일찍은 영하 온도다. 그래도 걷기운동은 계속하고 있다. 동네를 벗어나기 전까지는 추위를 느낀다. 노들 다리를 지나고 소수력 발전의 폭포수를 보면서 엎드려 팔굽혀펴기하고 나면 추위는 온 간데없다. 예버덩 문학의 집을 지나 마당바위까지 걷고 돌아오는 길에는 옷을 벗고 큰 숨을 들이켜고 내쉬면서 새벽의 맑은 공기를 마신다. 오늘 하루의 할 일도 생각해본다.

아침 식사 후에는 집에서 TV를 보고 있는 것보다는 농장에서 정리 작업하면서 쉬엄쉬엄 일하는 게 더 나은 하루 일과다. 모든 모임은 할 수가 없다. 시골의 작은 도서관에서부터 새마을 목욕탕까지도 휴관이다. 자치센터에서의 각종 프로그램도 취소되고 좋아하는 배드민턴 운동도 탁구도 할 수 없다. 오로지 집에서 격리된 생활을 해야 한다. 특히 나이가 많은 우리 부부의 경우는 조심해야 한다. 아내의 고혈압과 나의 암은 기저 질환으로서 감염만 되면 사망에 이를 것으로 생각하고 있다. 우울증에 빠진다는 생각이 든다. 심심하고 답답하다. 마음의 문을 닫고 있으니 아직도 마음이 겨울이다 보니 더욱 힘들다.

　농장의 봄맞이로 조금씩 농사 준비는 되어 가지만 사람과의 사회적 거리는 언제나 가깝게 될지, 코로나 사태가 더 이상은 확산하지 않고 수습 단계로 나아 가야 한다. 대지는 봄이 왔음을 알리고 새벽의 공기는 싱그러움을 느끼게 한다. 봄은 찾아오고 있나 보다. 마음의 봄이 빨리 오기를 빈다.

나이

이웃에 사는 배 소장은 나이가 두 살 밖에 차이가 나지 않는 아랫집 이 사장에게 형님 대접을 잘하고 있다. 물론 나이가 열 살 이상 차이 나는 사람에게는 '어르신'이란 존칭으로 부르면서 깍듯이 대한다. '객지 벗 십 년'이란 말이 있듯이 대부분 객지 생활에서 나이는 크게 문제가 되지 않는다. 다만 객지 벗도 친해지면 나이를 따져 서열을 정해야 하는 지경에 이른다. 형님, 아우님 하는 나이로 인한 서열은 흔히 볼 수 있는 것이다. 친밀도에 따라 결국 나이를 윗사람으로 하는 위아래가 정해지고 그러다 보면 순리대로 서로 간의 즐거운 생활이 시작된다.

여자의 경우에는 남자의 가족적 서열에 따라 상하가 정해지는 경우가 많다. 형수가 자기보다 더 나이 어린 경우는 허다하고 요즈음은 띠동갑하고 결혼하는 것도 본다. 함께 사는 남자의 나이에 따라 존칭이 달라진다. 어린 여자가 나이 먹은 영감과 살면 사모님 소리 듣고 살고, 같은 또래하고 살면 여보 소리 듣고 산다.

특별히 여자는 나이를 따질 필요가 적다. 간혹 미혼시절 사회 생활하면서 생기는 갈등 중에 나이 적은 상사로부터 잔소리를 듣게 되면 나이로 이길 생각을 하는 경우가 많다. 그래서 회식 자리에서 부딪친다. 결혼 안 한 여자들의 나이 서열도 무시할 수 없다. 그러다 결혼하면 엄마가 되고 나이는 자식들의 양육 속으로 사라진다.

노 대통령과 동갑인 나는 누가 물으면 노무현 대통령과 동갑이고 미국 대통령인 '도널드 트럼프'하고도 동갑이라고 말한다. 나야 미미한 존재지만 두 사람의 대통령도 나와 동갑이고 더구나 노 대통령은 나와 같은 구 월생이라는 점을 강조하면서 나는 지금 살아서 이렇게 즐겁게 지내고 있지만 노 대통령은 먼저 하늘로 갔으니 살아있는 나 자신이 잘된 일이 아닌가 한다는 식으로 설명하곤 한다. 지금 내 나이에 살아있는 사람은 동년에 태어난 사람의 25%만이 살고 있다는 통계를 제시하면서 건강이 주는 선물임을 강조하고 있다. 오래 사는 비결은 아무래도 건강이 최고다.

한국동란에 호적이 불타기도 하고 부모님의 늦은 출생 신고로 인하여 나이가 줄은 사람들은 공무원, 회사생활의 정년퇴직을 늦게 하는 이점을 살리면서 살고 있다. "당신 올해 몇 살이요?" 하고 물으면 나이 먹은 남자 대부분은 한두 살이 줄었다고 대답하면서 자신에게 묻는 사람보다 나이가 많다는 것을 나타내려고 하는 경향이 있다. L씨도 이곳에 새로 이사를 와서 처음 만나 나는 개띠인데 당신은 무슨 띠냐고 물으니 같은 띠고 자기는 일 월생이라고 대답하였다. 그래서 나와 동갑이고 생일이 빠르다는 생각으로 지금까지 대화를 하고 지냈다. 어느 날 양봉을 위한 토지 임대차 계약서의 주민등록 번호를 보니 한 살이 아래고 생일도 늦은 12월생이라는 걸 알게 되었다. 따져 물으면 부모님의 출생 신고를 들먹거리겠지? 뻔한 답을 알 수 있다. 하지만 사실과 행정적인 문제와의 괴리에 대해 사전에 설명하였더라면 성질이 나지는 안 했을 것이다. 짜증이 났다. 입에서 쌍소리가 나오는 걸 참았다. 속아서 지낸 세월이 조금 억울했다. 오랜 군 생활에서 몸에 밴 계급적 사고가 아직도 남아 있어 어려움이 있는 점을 어쩔 수 없다.

내가 처음 이곳에 왔을 때 장 반장과 둘이 농원에서 하우스작업을 하고 난 후 집에서 점심을 먹으면서 인사를 나누었다. 각자의 주민 등록증을 제시하여 나이를 속이는 일 없이 대조한 일이 있다. 서로 동갑임을 확인하게 되었다. 앞으로 친구로 지내자는 다짐도 함께 하였다. 그 후 장 반장의 친구로부터 장 반장이 생일이 일 년 늦게 출생 신고를 했다는 이야기를 듣고 그런가 하고 의아하게 생각하고 있었다. 그런데 칠순 잔치를 하는 걸 보고 일 년 늦게 출생 신고한 사실을 인정하고 나보다 한 살 위임을 인정해주었다. 그렇다고 친구가 아닌 형이 되는 것은 아니지만 우선순위를 가려야 할 시기에는 항상 연장자 대접을 해주었다. 그렇게 서로 알고 지내면 되는 것이다.

속이는 일, 거짓말하는 일은 나이를 말할 때 가장 흔하게 볼 수 있다. 아무렴 어떠냐 하고 집사람은 말하지만 남자들의 세계는 그렇지 않다. 유교적 사고에서 나온 연장자에 대한 우대와 죽음을 먼저 대할 수 있는 나이에 대한 권리마저도 남에게 양보하지는 말아야 하지 않는가? 나이가 곧 죽음의 서열은 아니지만 생의 순서를 무시할 수는 없지 않다고 생각한다.

나이 먹으면 약으로 산다. 병 걸리지 않고 죽는 사람은 가장 불행한 사람이다. 최근의 사망하는 나이는 구십 세 전후가 가장 많다. 그러므로 나이는 곧 생의 지표가 되고 있다. 물론 아직 늙어서 죽을 나이가 아닌 데도 젊은 사람이 병사나 사고사를 하게 되면 안타깝게 생각하는 이유는 무엇일까? 더 살 수 있는데? 하는 생각에서 안타까움이 든다. 이는 아직 나이로 보아 살 수 있는 시간이 남아 있다고 생각하기 때문이다.

94세의 국민 MC인 송해 선생님이나 101세의 김형석 교수에게 제일 먼저 느끼는 게 나이이다. 그분들의 나이가 94세, 101세인데 지금 살아계시고 생각하고 운동하고 열심히 삶을 이어 가고 있다. 흔히 말하는 그 나이에 정말 경탄하지 않을 수 없다. 그러나 많은 분들이 요양병원이나 요양원에서 나이를 먹어가고 있음을 안타깝게 생각한다. 나이를 먹는 것은 생물적인 삶을 나타내지만 정신적, 마음의 나이를 먹는 것도 중요하다. 그래서 정신적인 마음의 나이는 젊어야 한다. 다만 지나치지 않고 자신의 생물적 나이에 비해 조금 젊게 살아야 한다. 주어진 생을 열심히 인생계단을 오르다 보면 하늘이 보이고 그리고 자신의 나이가 마지막 계단에 다다랐음을 알게 되기를 바란다. 제발 나이를 잊어먹는 일은 없도록 해야 한다. 나이 먹은 노인네가 되지 말고 어르신이 되는 게 중요하다. 헛나이 먹은 모습을 보이지 말고 살아야 한다.

노인 대접

나이 먹은 노인네를 영감님이라고 부르지 않고 어르신으로 부르기를 바라고 은근히 나이 대접받기를 원한다. 회식 시에는 먼저 술잔이나 음식을 배당받는 일이라든지 회식 장소에 입장 시 자리에 일어서거나 배웅 시 문밖까지 나와서 인사 해주 길을 바란다.

우리나라는 모든 생활에서 항시 노인을 우대하는 정책으로 전철부터 각종 국공립 공원 입장료 등 혜택을 받고 있다. 사실 마음속으로 은근히 나는 나이를 먹었으니 할인이나 무료입장이 당연한 것으로 그리고 힘들고 어려운 일은 안 시키는 게 도리라는 생각을 하고 산다. 대접은 우리 사회 곳곳에 뿌리내려서 대체로 노인들은 편안함을 추구하며 하루의 삶을 이어 간다.

사실 노인이 무슨 일을 하는 걸 보면 젊은 사람들은 불안하다. 운전하는 것은 더욱 힘들게 만든다. 그래서 말리면서 자신이 한다. 배드민턴장에서도 청소는 나를 시키지 않는다. 다만 내가 알아서 하고 뒤처리도 내가 자진해서 한다. 노인에 대한 예의를 갖추는 것이다. 그래도 노인이라도 운동회원으로서 할 일은 한다는 생각이다.

농장에서 일하는 것을 본 이웃집 배 소장은 "날씨도 더운데 지금 뭐하고 계세요?"라며 빨리 집으로 가라고 난리 치며 지나간다. 신체적인 노쇠현상에 잘못되면 어려운 지경에 이르기 때문이다.

모처럼 배드민턴을 횡성에 있는 국민 체육센터로 야간에 치러갈 기회가 생겼다. 회원들이 오후 일곱 시에 카센터에 모여서 출발하기로 하였다. 운동이 끝나면 밤 열 시경이 된다. 야간이고 우중이면 운전하기가 어렵다. 특히 나이 먹은 나로서는 힘들다는 생각이었다. 이러한 내 생각을 작은 도서관 최 관장과 서로 의견을 나누었다. 첫 운동은 최 관장 차를 타고 다녀왔다. 다음날은 최 관장이 불참한다는 카톡이 있어 어쩔 수 없이 차를 가지고 나갔다. 속마음은 노인네 야간 운전하는 차를 아무도 안 탈 줄 알았다. 그래서 내 차는 두고 다른 회원 차로 가면 된다는 마음으로 카센터로 갔다.

"횡성 가실 분 차 타세요, 갑니다."라고 큰 소리로 외쳤다. 그러면 회장이 와서 '차 여기 두고 저 차로 가시죠.'라는 말이 나올 줄 알았는데, 그게 아니고 세 사람이 차 타겠다고 달려온다. 그러니 안 태울 수도 없고 결국 태워서 횡성 국민체육센터로 갔다. 운동하고 야간에 다행히 비가 오지 않아 무사히 귀가하였다.

노인에 대한 불안, 대접으로 운전을 안 시킬 줄 알았는데 그게 아니었다. 그래서 사실 속으로 부끄러웠다. 그냥 말로만 하려고 했는데 아직 운전할 수 있음을 인정해준 것이다. 노인대접을 기대해서는 안 된다. 그러면 더욱 노쇠현상이 가속화되어 완전한 몸과 마음이 늙은 노인이 된다.

이웃에 띠동갑이면서 열두 살 나이 차가 나는 사람이 인사를 제대로 하지 않고 말도 공경의 말투가 아니고 반말 비슷하게 하는 사람이 살고 있다. 잘 부딪치려고 하지 않지만, 간혹 말을 걸어오면 불편함을 느낀다. 겉으로 표현은 못 하고 속으로 싹수없는 놈이라고 혼자 욕을 한다. 그래야만 속이 좀 풀린다. 결국, 나만 스트레스를 받는다. 대접은 고사하고 말이라도 편하게 해야지.

법정 노인은 65세로 되어있다. '전공족'이라는 말은 '전철 공짜로 타는 사람'을 말한다. 곧 법정 노인을 이야기한다. 요즈음은 건강관리를 잘하여 70세가 된 분도 아직 젊어 보인다. 본인의 나이에 비해 열 살 정도의 신체적 노쇠현상의 차이가 생긴다. 노인의 나이를 쉽게 가름해보기가 어렵다. 그래서 말을 걸기도 어렵고 상호소통도 어렵다. 현재 법정 노인의 나이를 70~74세 사이에 정하는 정책을 논의 중이다.

동양의 유교적 사고방식에 의한 어르신으로 노인의 대접을 받는 시대는 지나갔다. 어른으로서 도덕적 기준에 의한 간섭이나 제재를 가하다가는 큰 봉변을 당하는 경우가 있음을 각종 매체를 통해서 알고 있다. 요즈음의 시대에서 노인에 대한 대접을 받기는 힘들다. 도리어 사회의 한가지 장애물에 불과하다는 젊은이들의 생각이 팽배해 있다. 인구의 15.7%가 노인인 초고령사회에서 신체적 나이보다는 건강한 삶의 나이가 더 중요하다. 요양병원이나 요양원에서 지내는 분들을 생각하면 가슴만 답답해진다.

나 역시 언젠가부터 허리가 슬슬 아프기 시작하고 넘어지지 않으려 해도 넘어진다. 그리고 앉았다 일어서기를 잘 못 한다. 이는 노인이 되어 가는 과정이다. 몸의 노쇠현상이 나타나기 시작한다. 기름칠을 해야 한다. 운동과 음식으로 더 진전되지 않도록 해야 한다. 술·담배 끊고 열심히 운동하고 고기보다는 채소 위주로 식사를 바꾸면 그런대로 조금은 도움이 될 것이다.

현시대의 노인들은 월남 참전과 파독 광부로 그리고 사우디 건설 현장에서 고생해서 조국의 발전에 이바지하였다. 고생만 해온 노인들은 국가로부터 대접을 받아야 한다는 생각이다. 나의 경우 다행인지 월남 참전 용사라서 국가 유공자로 지정되고 약간의 보훈금과 국립공원 무료입장 등의 보훈 혜택을 받고 있다. 이는 대접이 아니라 국가의 발전에 기여한 공로를 인정한 정당한 보상이다.

사회의 바라보는 눈이 노인은 모든 사고가 뒤처진 사람으로 생각한다. 컴퓨터, 스마트폰 등 디지털 기기를 다루는 것부터 문화, 언어에 이르기까지 현대생활에서 뒤처지고 있다. 노인 자신들이 나이 먹어서 그렇다고 당연한 것으로 받아들이는 자세가 문제다. 노인은 현시대를 사는 나이가 많은 분이다. 사람의 수명이 길어짐에 따라 더욱더 많은 노인분과 함께 살아가야 한다.

노인은 자신이 대접받기를 바라지 말고 사회에 봉사하는 마음가짐으로 살아야 할 것이다.

효 관광

세상이 많이 변했다고 한다. '부모님 모시기를 하늘같이 하라'는 성현의 이야기는 전설처럼 되어 버렸다. 부모님은 가족 서열 4번으로, 세부적으로 따지면 7번으로 살아가고 있다. 필요시에만 찾는 그래서 사회의 변화가 결국 효를 저버리게 한 것이다. 구시대의 유물 인양 요즈음 유행하는 적폐의 하나로 치부되는 '효'란 찾아보기 힘든 세상이 되어 가고 있다. 혼족*의 탄생과 그들의 생활에서 엿볼 수 있는 현실이다.

"아버지! 시간 있으면 이번에 회사에서 1박 2일간의 부모님 효 관광행사가 있습니다. 그래서 신청하려고 하는데 어떠신지요?" 하고 큰아들의 전화가 왔다.

"일단 행사 계획을 한번 보내봐라, 그러고 나서 이야기하자."라고 말했다. 보내온 내용을 보니 아직 한 번도 가보지 않은 곳 같아서 신청하라고 이야기했다.

---

* 혼자 사는 사람. 또는 그런 무리.

원래 육십오 세 이상 부모님 또는 장인 · 장모님을 신청받아 추첨하여 팔십 명의 부부를 선발하여 관광하는 것으로 되어 있었다.

그래서 "나이를 우선하여 선발하면 안 되겠는가?"하고 물으니 칠십육 세가 되는 분들이 많다고 한다. 그렇다면 나 자신도 떨어질 수밖에 없는 것 같았다. 그렇다면 회사 방침대로 따르기로 하는 수밖에 없었다. 당첨되어야 관광을 할 수 있게 된다. 롯데 관광 상품이면 삼십여만 원 정도는 족히 될 것 같은 관광 계획이었다.

당첨자 발표날이 하루 연기되면서 더욱 조바심 나게 하였다. 기다리고 있는데 당첨되었다는 아들의 카톡이 왔다. 당첨자 명단을 보니 내 이름이 없다. 다시 확인하니 아들의 이름으로 당선자 명단 제일 아래에 있었다.

이제는 본사에 집결하는 시간이 아침 7시 30분이라 경기 광주에서 서울 종로까지 어떻게 집결시간 안에 갈 수 있겠는가 하는 방안을 연구해야 하겠다.

아들과 둘이서 인터넷을 이용하여 가는 길을 찾은 가운데 가장 빠른 방법이 경기 광주 전철역에서 첫 전철을 타고 판교로 가서 그곳에서 서울로 가는 광역 버스를 타고 종로 조계사 정류장에 내려, 걸어서 종로구청 옆에 있는 회사의 본사를 찾아가는 걸로 정하였다. 1 시간 2분이 소요된다고 한다. 그러면 차를 가지고 경기 광주역까지 가서 주차장에 세워두고 전철을 타고 판교로 가서 광역버스 정류장에서 버스를 타야 한다. 판교 광역버스 정류장 위치를 정확히 알 수가 없어 인터넷을 이용하여 숙지하였다. 그것도 못 믿어서 아들 차를 타고 사전에 답사까지 하였다. 판교에 들어가는 길목에서 테크노밸리의 건물들을 보면서 어마어마하고 화려하다는 생각이 들었다. 다른 세상에 온 것 같은 기분이 들 정도다. 시골에 살다 보니 이제는 촌놈이 다 되어 시원한 들판이나 산을 보지 않고 건물을 바라보면 답답한 마음뿐이다.

새벽 3시 30분에 잠에서 깨어나서 너무 서두른 탓인지 광주역에서 30분을 기다리고 집결지에 도착하여 40분을 기다렸다. 전국에서 자녀를 잘 둔 덕분에 또한 운 좋게 당첨되신 분들이 모여들기 시작하였다. 하루 전에 서울에 도착하여 자제분들의 숙소에서 자고 오신 분, 부산에서 KTX를 타고 오신 분, 경기도 일원은 거의 새벽 5시 전후에 출발한 분들이 많았다. 3년 전에 한번 관광을 왔으나 당첨자가 개인 사정으로 가지 못하여 대신으로 오게 된 최고 고령자이신 78세의 할머니도 수원 광교에서 사돈과 함께 왔다. 자매분들끼리 온 분들도 꽤 있었다.

관광버스 두 대에 나누어 타고 파주 감악산 흔들 다리를 향해 출발하였다. 가을 단풍이 절정인 시기에 온 산은 붉게 물들고 다리를 건너는 관광객들은 그저 탄성과 즐거움으로 가득하였다. 나이 탓인지 일행 중 몇 분은 제대로 걷지를 못하여 아래에서 대기하는 모습도 보였다. 법륜사 절까지 들러서 건강하게 살아갈 수 있도록 도와달라고 빌었다. 내려와서 중식은 한탄강 민물매운탕을 먹으러 연천으로 향했다.

중식 후 회사에서 공사한 한탄강 댐으로 안내하여 홍보관을 관람하였다. 물이 없는 계곡이 되어 버린 재인 폭포를 들러 사진촬영을 하고 구경도 하였다. 그리고 마지막 코스인 오두산 통일 전망대로 향했다. 한강과 임진강이 합쳐 서해로 흘러가는 곳으로서 긴장감은 찾아볼 수 없고 좋은 날씨와 썰물인 탓으로 북한 지역이 한눈에 보였다. 반대편에는 고양, 일산의 아파트도 볼 수 있었다.

요즈음 남북이 평화적 통일의 기운이 무르익어 가고 있는 시점에, 이곳을 방문하여 문재인 대통령의 판문점 선언과 평양 공동 선언을 다시금 듣게 되니 격세지감을, 그리고 통일의 기운을 느낄 수 있었다. 여의도 국회의사당 맞은편에 있는 고급 호텔에서 하룻밤을 잘 수 있도록 해주었다. '부모님 감사합니다.' '그리고 사랑합니다.'라는 문구를 바라보면서 맛있는 저녁 식사를 하였다. 부모님을 위하여 준비한 레크레이션 시간엔 재치와 유머가 넘치는 사회자가 진행하였다. 훌륭한 회사에 자녀들이 몸담고 있다는 자부심을 느끼게 하면서 웃음과 즐거움이 넘치는 시간이었다.

아침 일찍이 기상하여 호텔에서 아침을 먹지 않고 네 번의 전철을 갈아타면서 집으로 돌아왔다. 어제 전라도 광주에서 부처 온 쌀과 애완견이 기다리는 마음이 걱정되어 빨리 오게 된 것이다. 문

앞에 놓여있는 쌀을 반갑게 맞이하면서 혼자는 외롭다고 투정을 하는 애완견을 보고서야 그런대로 마음이 안정되는 듯하였다.

이십일 년 전 IMF라는 경제적 태풍으로 인하여 모든 국민이 어려운 시기에 학군 장교 출신으로 전역한 덕분으로 여러 회사에 입사할 수 있었다. 그중에서 인간적 대우를 중시한다는 지금의 회사에 취업하기로 하였다. 처음으로 신입사원 교육 수료식에 참석하여 즐겁게 보낸 기억이 떠오른다. 눈 쌓인 연병장의 소위 임관식에서 두루마리 입으시고 멋진 중절모 쓰고 동생들이 만들어준 사랑의 꽃다발 가지고 먼 광주까지 오신 아버지의 모습과 아들의 수료식에서 나의 모습이 서로 교차한다. 긴 세월 속에서 두 번째의 뜻 깊은 회사 방문으로 삶의 보람을 느낀다. 부모님께 효도하는 모습을 가르치는 기업이 있다는 사실이, 그리고 그곳에서 열심히 살아가고 있는 아들이 자랑스럽다.

현관문을 열어두고

너무 더워서 난리다. 찜통더위 속에서도 농원은 새벽에는 일해야 한다. 일하고 난 후에는 어쩔 줄을 모르고 머리가 띵 하고 아찔한 기분이 들 지경이다. 집에 오자마자 시원한 냉수샤워를 하고 나면 조금 정신이 돌아온다. 다행히 옛날 집에서 사용하던 에어컨을 이곳 시골에 가져와 그래도 지낼만하다. 천만다행이다. 시골이라도 오늘은 실내온도가 29도를 오르내린다. 밤엔 온도가 25도 이상이면 열대야 현상이라고 한다. 계속 더위 경고용 특보가 들어온다. 조심해야겠다.

더위를 먹어서 정신이 없어서 그런지, 화장실을 나오면서 불을 안 끄고 나왔다고 집사람이 난리다. 밥 먹을 준비를 식탁에 다 해놓고서는 밥솥에 밥이 없다고 한다. 분명히 밥이 있어야 하는데 없단다. 냄비 올려놓고 다른 일에 신경 쓰느라 냄비 태워 먹는 일은 이제 옛일이 되었다. 시골집을 나와 한참 가다가 가져갈 것을 그냥 두고 나왔거나 현관문을 안 잠그고 왔다고 해서 다시 돌아오는 일도 그동안 몇 번은 있었다. 이번에는 시골에 있다가 양벌 아파트로 아내의 고희 맞이 가족 회식을 하려고 갔다. 아파트 9층을 올라가서 보니 아파트 현관문이 열려 있다. "잘못 왔나?" 하고 아내가 말했다. "9층이 아니고 다른 층을 눌렀는지?" 하는데, 옆에서 자세히 보니 내 책상이 보인다. "우리 집이 맞는데 왜 문이 열렸지?" 하고 내가 말했다.

 그 순간 정신이 멍하다. 이런 실수를 하다니, 일단 집에 들어가서 없어진 게 있는지, 확인하기로 하고 집 안으로 들어갔다. 집안을 둘러봐도 아무 이상이 없다. 하긴 가져갈 것도 없지만, 그렇다면 저번 시골 가는 날에 서둘러 가다 보니 그냥 문을 열어 놓고 가버린 것으로 생각할 수 있다. 닷새간이나 아파트 현관문을 열어 놓고 갔다는 말이지, 생각할수록 정신없는 짓이다. 하긴 문이 열려 있으니 사람이 안에 있을 것을 예상하여 도둑도 쉽게 들어오지 못했을 것이다. 오후에 회식 장소에 가기 위해 현관문을 나오는 순간 마침 옆집 남자 주인을 마주하게 되었다. 모처럼 만났다. "언제 이사 왔습니까?" 하고 물으니 한 달 정도 되었다고 하면서 왜 계속 현관문이 열려 있는지 궁금했다고 한다. 신축 건물이라 냄새를 빼내기 위해서 그런가 하고 생각하면서 오늘도 열려 있으면 관리사무소에 문의하려고 하던 참이라고 말했다. 시골에 가면서 문을 열어두고 간 것 같다는 전후 설명을 하여 이해를 시켰다.

'정신일도 하사불성(精神一到 何事不成)'이라 아무리 바쁘더라도 아직은 정신을 차려야 할 때이다. 살아가야 할 세월이 많이 남아있으니 잠깐잠깐 잊어버리는 일은 어쩔 수 없다. 그러나 현관문을 안 닫고 외출하는 일은 없어야 할 것이다. 마지막 확인을 서로 미루지 말고 한 사람에게 부탁하여 철저히 잠긴 상태를 점검해야 할 것 같다.

허허 웃으면서 하는 말이 "이제는 정신이 없어서"라는 이야기는 하지 않도록 노력해야겠다. 올해의 생활 목표는 '정신 차리고 살자'로 자연스럽게 정했다.

조상님께

올해 설날 제사는 어떻게 할지를 점심을 먹고 집에 돌아오면서 아내가 물었다. 올해까지는 설날 제사를 지내야 하지 않겠느냐, 그리고 자식들이 오면 그때 의논해서 하자고 하였다. 요즈음 우리 집안에 우환이 들어 난리다. 이럴수록 조상 모시기를 제대로 하지 않아서인가 하는 생각을 하였다.

작은아들은 교통사고를 내어 며느리가 온몸이 아픈 환자로 전락한 상태이고 큰며느리는 갈비뼈를 다쳐서 병원 신세를 지고 있다. 아내는 허리통증으로 제대로 움직이지 못하여 누가 제사 음식을 준비해서 제사를 모실지 난감한 상태가 되었다.

결국, 설날 제사는 지내지 않기로 하였다. 산 사람 위주로 하는 수밖에 별도리가 없었다.

옛날 어머니가 살아 계실 때는 사대(四代)를 봉사하느라 한 달 걸러 한 번씩 제사를 지내고 명절 제사는 4번의 상차림으로 제사를 지냈다. 명절날 온 가족이 모이면 서른네 명이나 되었다. 아침 일찍 시작해도 10시가 넘어야 끝났다. 그러면 작은집에 작은아버지 제사를 모시러 가고 제사를 모신 후 그곳에서 점심을 먹었다. 작은어머니는 음식솜씨가 좋아서 맛있게 먹었다. 8남매의 장남으로서 어머니가 돌아가신 후 자연스럽게 제사를 가져와서 지내게 되었다. 그런지도 15년의 세월이 흘렀다. 처음에는 명절, 조부모·부모님, 6번의 제사를 지냈다. 그러다가 할머니 제사가 아버지 제사와 열흘 정도 차이라 할머니를 할아버지와 함께 모시기로 하였다. 부모님 제사도 한 번으로 합하여 지냈다. 이번에는 조부모님 제사를 가을에 산소에서 지내는 거로 정하고 별도의 제사는 없애버렸다. 그래서 남은 명절과 부모님 제사를 작년에는 추석 제사를, 올해에는 설날 제사를 없애고 이제 부모님 제사만 남았다. 제사 시간도 돌아가기 전 밤 12시에 지내던 것을 돌아가신 날 오후 7시로 바꾸었다. 내일의 근무와 잠자리 때문이었다.

세상은 변한다. 제4차 산업 혁명의 시대에 살고 있다. 여성들의 지위 향상은 남녀평등을 넘어 여성 우위의 단계까지 이르고 있는 실정이다. 시류에 따라 살아가야 할지 고집을 피우고 고전을 고수하면서 살아가야 하는지?

연일 방송에서 며느리들의 반란에 관해 이야기를 내보내고 있다. 특히 명절에는 더욱 심하게 제사와 여성의 고달픔을 강조한다. 아예 며느리로는 살지 않겠다고 선언하는 주부들이 있는가 하면 자청 타천으로 근무하는 등 명절과 제사를 기피하고 있다. 요즈음은 시어머니가 며느리 시집살이를 한다는 말까지 나오고 있다. 경제적인 사정이 나아지고 서로의 돈독한 가족의 끈끈한 정이 살아가는 데 크게 도움이 되지 않는다는 생각 때문이다. 옛날 농경사회에서는 가족의 힘으로 모든 걸 해결하던 자급자족의 시대에서는 결속이 살아가는 중요한 방편이었다. 이제는 자신만 생각하는 이기주의 시대에 살고 있다. 혼족들이 늘어나고 있다. 혼밥이니 혼술이니 하면서 혼자서 살아가는 사회로 변하고 있다. 능력 있으면 살수 있다는 생각이 결국은 가족 간의 결속을 해체 시킨다. 경제적 능력이 모든 걸 좌우한다.

자신이 일찍 태어난 죄로 장남이란 굴레를 씌운 가족제도와 제사 문화가 고생하는 사람을 만들고 있다. '장남이니 해야지' 하는 당연한 논리로 힘들게 하고 있다. 문제는 가족 행사의 뒷받침이 되어주는 여성들이 이제는 안 하려고 한다. 중국과 같이 문화혁명을 거처 제사를 없앤 것처럼 우리 사회도 자연스럽게 제사행사가 추모로 변화하고 있다. 가족을 위해 희생과 배려의 마음이 사라졌다. 장남으로 태어나지 않음을 다행으로 생각하면서 자신의 안위를 지킨다. 편하게 살아가려는 생각이 오늘의 사회 환경을 만들어 가고 있다. 결국, 제사는 여성의 몫에서 나와서 하늘로 돌아가 버리는 분위기이다. 영원히 사라질 수 있다는 생각이 든다.

장례문화도 매장에서 화장으로 변하면서 무덤을 만들던 시대에서 수목장, 수장, 평장으로 변하고 심지어 자연장으로 하여 자연

속에 뿌려서 없애버리기도 한다. 납골당을 아파트라 하고 땅속에 묻히는 걸 단독주택이라고 하기도 한다. 돌아가신 지 3개월까지는 근처 자식들이 찾아오기도 하지만 그 후에는 일 년에 한 번 정도 다녀가는 게 정상이란다. 서서히 잊혀가고 바쁜 세상살이에 시간 내기가 힘든 결과로 보인다. 조상에 대한 숭모 사상은 더욱더 가속화되어 없어질 것으로 생각된다.

마지막 부모님의 제삿날은 제법 많은 삼 형제자매가 모였다. 사실은 제사도 있지만, 맏형이 새집으로 이사하였고 암에 걸려 치료 중인 점이 더욱 이곳으로 오게 만든 원인이 되었을 것이다. 8남매에서 과반수 이상은 참석한 것이다. 그간 말도 하지 않고 지내던 막내 남동생과 매제가 뇌졸중으로 요양병원에 입원 중임에도 불구하고 여동생이 참석하였다. 연로하신 누님은 고구마를 보내시고 의정부 동생은 미리 와서 인사를 하고 해외여행을 갔다. 부산에서 학교 교장을 하는 여섯째 동생은 직장관계로 못 온다고 한다. 누가 제사를 이어받을 것인지 물어보지도 않았다. 문제는 여자분들의 시댁에 대한 갑을관계의 생각에 있다. 친정에서 동서 간 모임은 잘 유지되는 걸로 보아서 이제는 여자 중심인 친정에서의 모임행사로 바꾸어 나가는 추세가 되어 간다. 제사를 지내면서 축문을 읽을 때 다음에는 산소에서 뵙기로 두 분께 말씀을 드렸다. 봄가을에 고향 산천도 구경삼아 산소 앞에서 추념하기로 한 것이다.

변화의 시대에 살면서 얼마 남지 않은 조상에 대한 숭모 문화를 저버리는 일은 결국 집안이라는 씨족 사회의 해체를 의미한다. 이제는 최소단위의 가족만이 남아 있게 되는 것은 어쩔 수 없다. 막내가 제안한 가을 골프 모임이나 봄철 단체 족구시합으로, 제사가 아닌 즐거운 모임으로 계속 이어 나가길 바란다.

문제 해결

　하루를 보내는 게 수학 문제를 푸는 기분이다. 오늘은 무슨 문제를 해결하여야 하느냐는 하루의 일상생활에서부터 앞으로의 할 일이 모두 숙제인 양 느껴진다. 젊은 시절에 아주 간단히 한 일도 무게가 느껴지는 이유는 나이를 먹어서 그런 것 같다. 아무 일도 하지 않고 빈둥거리면서 놀아도 쉬는 게 하나의 숙제가 된다. 무얼 하고 쉴 것인가? 하는 고민을 하지 않을 수 없다.

　농사라고 텃밭을 가꾸다 보면 밭 만들기서부터 시작하여 씨앗 뿌리기, 모종 심기, 농약 주기, 과수 나무 소독하기 등 적절한 시기에 해야 하는 문제가 발생한다. 그래서 매일 영농 일지를 쓰면서 작년 영농 일지와 학교에서 배운 영농에 관한 책들을 본다. 인터넷을 뒤져서라도 어떻게 해야 하나의 해답을 찾는다. 그리고 이를 메모하여 다음 날 농원에 올라가 농사일을 하여 처리한다. 그래도 미심쩍은 내용은 이웃 농장을 방문하거나 다른 사람들에게 물어서 해결한다.

　우편으로 자동차 보험의 만기가 도래했다는 통보가 왔다. 자동차 보험을 갱신해야 하는 숙제가 주어진 것이다. 이를 해결하기 위하여 인터넷을 검색하여 보험회사 사이트에 들어가 보고 올해는 보험료가 얼마나 되는지를 확인해본다. 그리고 자동차의 전면 사진과 마일리지 사진을 찍어서 저장해둔다. 다음에 어디서 종합 검사를 받을 것인가를 고민한다. 수원 교통 공단 검사장엘 가면 국가유공자는 할인 혜택을 준다. 그러나 그곳까지 가는 비용을 계산하면 광주 집 옆에 있는 일반 종합 검사장에서 받는 게 이득이 된다. 그리고 날짜를 언제 할 것인가를 생각한다. 30일 예금 문제 처리 관계로 오포를 가야 하니 그날 받는 게 두 번 가지 않고 좋을 것 같다는 생각도 해둔다. 검사장 가기 전에 엔진오일 교체와 세차는 어디서 해야 하는지도 마음으로 생각하여 정해둔다. 숙제를 해결하기 위한 사전 준비를 하고 실천에 옮기는 것이다. 그리고 이왕 오포로 가게 될 때 걷기도 함께 할 수 있도록 카페 공지사항에 31일 의왕역에서 만나 왕송 저수지 둘레길을 걷기 운동을 한다는 내용을 올렸다. 한 번 가기가 쉬운 일이 아니므로 가게 되면 할 수 있는 일 모두 하고 다시 내려오기로 한다. 비용 효과의 법칙을 적용한다.

애완견 딸기가 금요일부터 밥을 먹지 않고 젖가슴에 생긴 종양이 커져서 안기 위해 손이 닿으면 소리를 지르면서 상당히 통증을 호소한다. 이러한 문제를 해결하기 위하여 우선 집사람과 의논한다. 그동안 별로 크지 않던 유종이 갑자기 많이 커진 이유와 밥을 왜 먹지 않는지를 생각해본다. 결국은 병원에 데리고 가서 수술해야한다는 숙제가 생긴다. 문제를 풀기 위하여 먼저 어디로 가야 하느냐는 생각을 한다. 수원은 거리는 멀지만, 처음부터 관리하던 곳이라서 괜찮을 것 같은 생각이 들었다. 오포는 한 번 가서 상처 부위를 보여주고 상담을 한 경험이 있다. 그래도 계속 관리하여온 수원으로 가기로 마음을 정하고 준비를 하였다. 막상 치료 예정일인 월요일에 비가 오고 강풍마저 분다고 하니 수원까지 가는 게 조금 무리가 있다는 생각이었다. 그리고 비용 면에서도 차이가 있었다. 인터넷 검색을 하였더니 횡성지역에 3개소의 동물 병원이 있었다. 그중에서 한 곳을 선택하여 가기로 하였다. 내일 아침 월요일 새벽부터 비가 오면 횡성으로 가고 비가 오지 않으면 수원으로 가는 것으로 집사람과 의논하여 결정하였다. 새벽부터 비가 온다. 횡성에있는 김재문 동물 병원으로 갔다. 오십 대 전후로 되어 보이는 수의사 혼자서 병원을 운영한다. 그리고 시원스럽게 현재의 딸기 상태를 설명하여주고 바로 수술하여 치료해주었다. 마취시간이 지났음에도 제대로 정신을 차리지 못하고 있는 이유는 치석을 제거하고 유종을 두 개나 제거하는 수술을 하였고 마지막으로 중성 수술까지 하였다. 힘든 수술과 치료로 인한 후유증인 것으로 생각되었다. 치료비도 오포에서 원장이 이야기한 금액이나 인터넷 검색에서 알게 된 금액보다 싼 값으로 치료하였다. 딸기의 그간 고통이오늘의 치료로 모두 해결되었다. 사람 치료비보다 개 치료비가 더

들어간다는 말이 사실이었다. 이제 딸기의 급한 문제는 일단 해결했다. 그래서 한가지 숙제도 해결되었다.

 기본적인 업무라기보다는 소일거리인 농사일은 다른 문제가 없을 때 자동으로 진행해야 하는 일이다. 숙제는 답은 알고 있지만 주어진 여건이 안 맞거나 상황이 변하여 하지 못한 일로서 좀 더 시간을 두고 서서히 해결해야 할 일이고 문제는 답을 알지 못하는 일이다. 깊이 있는 생각과 비교를 하여 신경 써서 정하는 것이므로 신중하게 한다. 경제적 부담을 적게 하면서 문제를 해결할 수 있도록 해야 한다.

 나이 들어 문제 해결의 능력보다는 자신감이 떨어지고 문제를 회피하고자 하는, 귀찮다는 생각이 자꾸만 떠오른다. 컴퓨터 문제가 발생했을 때 제일 먼저 아들에게 전화하여 조언을 구했으나 답을 얻지 못하였다. 결국은 인터넷 검색을 통하여 지식을 얻어서 해결하기도 하였다. 컴퓨터 운영에 관한 문제의 회답은 컴퓨터 내에 있다는 생각이 들게 되었다.

 나의 버킷리스트의 하나인 자서전을 자전적 수필집 '인생 계단 오르기'라는 제목으로 출판하여 숙제를 해결하였다. 모든 주어지는 문제들을 해결하기 위하여 군 생활에서 배운 비교 분석 방법이나 결론을 도출하기 위한 논리적 사고가 요구된다. 서두르는 점이 있긴 하지만 그렇게 해야만 마음이 놓이고 확실하게 문제를 해결할 수 있게 된다고 생각하고 있기 때문이다. 하고자 하는 일을 문제로 본다. 답이 나와 있지 않기 때문이다. 자신이 알아서 계획을 세워서 해야 한다. 내일은 무슨 문제를 해결해야 하는지를 생각한다. 일의 우선순위를 먼저 결정한다. 그리고 계획을 세운다. 즉, 마음의 준비를 한다. 일상생활이 이러한 과정을 통하여 하루하루가 흘러간다. 수술 후 딸기가 물과 밥을 너무 많이 먹으려 하고 소변을 제대로 가리지 못하는 문제가 생기고 이를 해결해야 하는 일이 주어졌다. 그리고 비 온 뒤에 농장에 가서 과수 나무 소독도 해야 한다. 이래저래 삶이란 결국 숙제와 문제 해결의 연속임을 알 수 있다.

미련

요양원 가는 길
요양병원 먼저 들러서
아들딸 다 버리고
혼자서 가면 되는데
무슨 미련이

친구도 생기고
선생님도 있는데
복도를 걸어 다니면
멀리 갈 때 수월할 텐데
누워만 있으니

창문으로 보고
천정을 바라보고
아무리 찾아봐도
나는 어디 있는지
오늘도 헤매니

하늘보다 먼 곳
준비는 안 해도 되는데
누가 준비를 시키나
앞에서 끌지 않아도
혼자도 잘 갈 텐데

2부
삶의 흔적

보슬비

    날씨가 아침에는 약간 시원하고 구름이 끼어 있어 배추 모종 심기 좋은 날이라고 생각하였다. 더구나 정오경에 비가 온다고 하니 얼마나 좋은 기회인가. 원래 오후에 가서 심을까 생각하였다가 아침 식사 후 바로 농장으로 가서 배추 모종을 심었다.

    출발하기 전에 아내가 혼자 가도 되느냐고 묻는다. '가기 싫으면서 은근히 면피하려는 생각에서 한 말이다.'라고 생각한다.

    나이 먹어서 부부가 함께 살면서 '여보!'하고 부르면 '또 무얼 시키려고 그러나?' 하는 생각부터 하게 된다. 혼자 알아서 하면 좋은데 꼭 잔소리하거나 보조 일을 시킨다. 자신이 충분히 할 수 있는 일인데, 고추를 말리는 일부터 농원에서 잡초 풀 제거하는 일까지 모든 나의 행동에 꼭 아는 체하는 잔소리를 한다.

    오늘도 고추를 널어 놓고 아침부터 비가 오는지 잘 보라고 한다. 그런데 이놈의 비가 소리 없이 내리는 보슬비라 알지를 못하고 일기예보에서도 정오경 비 온다는 게 흐림으로 바뀌어서 신경 쓰지

않았다. 더구나 텔레비전에서 영화를 보고 있었으니 쉽게 비 오는
지를 구분할 수가 없었다.

아내는 잠자고 있다가 해남 누님이 보내준 양파와 마늘이 왔다는
택배 기사의 전화를 듣고 일어나 보니 비가 살그머니 오고 있음을
알게 되어 허겁지겁 나갔다.

"당신은 비가 오는지를 잘 보라고 했는데 무얼 하고 있느냐?"고
한다.

또 당신 탓을 하는 것이다. 평소 생활에서 한 번도 자신이 잘못
한 것은 없고 모든 일의 잘못된 것은 당신 탓이라는 공식과 연계되
어 생활하다 보니 간혹 짜증이 날 수밖에 없다.

오늘도 비 오는 여부를 확인한다는 게 밖에 나가서 비를 맞아봐
야 알 정도로 비가 이슬비로 왔다. 더구나 텔레비전으로 영화 보고
있다가 날벼락을 맞은 것이다.

밖을 보니 이슬비가 보슬보슬 오고 있다. 어느 정도 말린 고추는
어떻게 비를 맞아서 도루묵이 되고, 급히 집안으로 옮겠다. 선풍기
3대를 돌리면서 물기를 건조하였다. 그렇게 해두고 난 후 택배를
밖으로 갔다.

택배차가 올라올 수 없다고 물품을 두고 간다고 택배비를 가지고
오라고 한다. 양파가 비에 젖으면 안 되는데 앞에 있는 절에 인터

넷 공사를 하는 바람에 길을 차로 막아서 택배차가 못 올라온 것이다. 내 차로 내려가서 공사 인부와 함께 양파 자루를 싣고 올라왔다. 집에까지 배달해주지 않으면 택배비를 못 준다고 이야기할 걸 그랬다는 생각이 들기도 하였다. 로젠택배는 배달에 성실성이 너무 없다고 이야기하였다.

비는 소리도 없이 조용히 계속 내린다. 오늘 아침에 심은 배추 모종은 잘 자라겠다는 생각이 든다. 가뭄 속에서 물을 주고 심고 난 후 다시 물을 주고 하여 제발 살기를 기원하는 심정이었다.

들깨나 쪽파도 새로 심은 후 모처럼 비를 맞고 있을 것이다. 농장의 모든 농작물이 비 맞는 즐거운 시간을 생각해본다.

고추에 비를 맞게 한 것이 나의 잘못으로 되고 말았다. 잘 지켜보라는 부탁을 스마트폰에 나와 있는 일기예보를 믿고 영화 보느라 생각을 하지 못했다. 아내의 부탁을 제대로 지키지 못하여 결국 죄인이 되고 말았다. 폭염이 계속되는 이 마당에 착한 비가 내렸으니 얼마나 고마운가, 고추 좀 젖은 게 뭐 그리 문제가 되는가 하는 생각도 해본다. 결혼생활 사십칠 년 차가 되긴 했어도 군 생활 팔년과 객지 생활을 제외하면 같이 지낸 시간은 얼마 되지 않는다. 보슬비의 고마움을 생각하면서, 그냥 그러려니 하고 살아야 한다.

세월의 흐름 속에

세월이 흐르고 그 속에 삶이 있고 삶 속에 살아온 하루하루가 있다. 시골에 처음 전원생활이라고 내려온 지도 벌써 12년 차에 접어든다. 십 년이면 강산도 변한다는 말이 있듯이 이곳도 많은 변화가 있었다.

우선 특별한 변화로서 동네 들어오는 수중교는 반듯한 2차선의 다리로 바뀌었다. 지하수에서 비소가 나온다는 야단법석을 떨던 일도 세월이 흘러 작년에 횡성호의 수돗물이 들어온다. 물로 인한 이웃 간의 다툼과 물을 관리하는 분의 악귀 같은 장난에서 벗어 난 건만 해도 스트레스 안 받고 사람 살만하게 되었다.

인구도 많이 늘었다. 코로나 19의 영향인지 귀촌 인구가 늘면서 새로 집을 짓거나 농막을 갖다 놓고 수시로 내려오는 사람들이 많아졌다.

면 소재지에 새로운 복지관이 지어지고 신입 회원으로 가득 찬 배드민턴장에서는 즐거운 운동 소리가 함성으로 이어진다. 새로 회장 된 이웃집은 성실하고 근면하여 어려운 모든 일을 솔선하여 먼저 하는 스타일이다. 올해 회장이 되었으나 코로나 19로 인하여 아직 세월의 흔적은 만들어지지 않았다.

세월에 묻혀들어 오는 코로나 19는 그간의 미세먼지에 대한 생각에서 생사의 갈림길에 서도록 하는 무서운 병이라는 생각이다. 함께 식사도 못 하고 대화도 못 하는 사회적 거리 두기로 인하여 답답하다.

자연은 계절 따라 바뀌면서 모습을 달리한다. 사람도 나이를 먹으면서 세월의 자국이 몸에 남는다. 얼굴에는 주름이 늘어나고 허리는 자꾸만 앞으로 구부러지려 하고 다리에 힘은 저절로 빠져나가서 쉽게 자빠진다. 이러한 자연적 노화 현상은 그래도 '구구팔팔이삼사*'에 적합한 삶의 형태라 할 수 있다.

나이 들면 찾아오는 숟가락을 놓아야 하는 그리고 궁극적인 삶의 종착역을 향하여 가는 자기의 모습을 발견한다. 다시 한 번 뒤를 돌아보게 한다. 잠재되어 있던 병들이 서서히 고개를 들고 세월과 함께 괴롭힌다. 유일한 친구인 장 반장 부인도 며칠 전 폐암으로

---

* 99세까지 팔팔하게 살다가 3일만 앓다 죽는다는 것. 가장 행복한 노년이라는 뜻의 신조어

사망하였고 윤 사장도 병원에서 나오지 못하고 결국 사망하였다. 나 역시 암이란 병과 함께 가고 있다. 우리 집 반려견 딸기도 추석 명절을 앞둔 일주일 전 무지개다리를 건넜다. 수목장을 농장의 전망 좋은 곳에 주목 나무 아래에 하였다. 농장 견이 되어 백천 농원을 지키고 있다는 생각이다.

어제는 이웃집 윤 교수가 정년 퇴임을 하고 앞으로의 생활에 대한 포부를 말하는 자리를 옆집 배 소장과 첫 대면 인사를 할 수 있도록 자리를 만들었다. 대학과 관련된 모든 업무를 마감하고 더 이상 관련을 갖지 않는 게 자신의 제2 인생을 살아가는 근본적 생각이라는 점을 강조한다. 자신이 젊을 때 노교수들의 학교와의 인연을 이어가려는 노력을 보기가 안 좋았다고 한다.

이제 제2 인생은 좀 더 쉬면서 새로운 구상을 하겠다고 한다. 어떻게 살아가는 게 자신을 위한 길인지 찾아보겠다고 한다. 다만 여행이라도 다녀올 생각으로 이집트여행을 계획하였으나 코로나 19로 인하여 가지 못한 점이 아쉽다고 몇 번을 말하였다. 십여 년 전 함께 술 한잔하는 자리에서 저는 아직 십 년이라는 시간이 남았다고 말하였다. 그런데 벌써 십 년이 지나고 정년퇴직으로 명예스럽게 직장 생활을 마감하였다.

전원생활에서 가장 힘든 부분이 이웃사람과의 관계를 어떻게 유지하는가는 친숙도가 가름한다. 서로 배려하면서 살아가야 한다. 이곳의 이웃집 사람들과의 관계는 다른 어느 곳에서의 전원생활보다 돈독하게 보내고 있다. 새벽 걷기운동을 통한 건강 유지하기부터 월 2회의 유사(有司) 제도에 의한 식사와 토론회는 웃음꽃이 피어난다. 물론 이를 이어가기 위한 '정겨운 이웃'이란 밴드를 만들어 결속을 유지하면서 여행을 함께 다녀오는 즐거움도 나누는 모임이 되었다. 항상 만나면 즐겁고 건강과 농사일 그리고 가사까지 서로 함께 논의하면서 한다.

요즈음이 공통 관심사는 농사일보다 '워크 온'에 의한 활동이다. 새벽에 시작한 걷기운동은 챌린저에서 요구하는 일만 오천 보를 채우기 위해 노력한다. 그러면서 다른 회원의 걷기 보수를 확인하여 어디쯤 걷고 있는지를 확인도 해보고 다른 챌린저 활동도 안내해준다. 그리고 목표달성 후에는 함께 상품을 수령하고 식사도 한다.

다양한 과거를 갖고 살아온 사람들이 지나간 과거의 영광은 머릿속에서 지우고 이웃이라는 이름으로 즐겁게 살고 있는 것이다.

요즈음 세상살이

나는 아침형 인간이다. 저녁 8시에 잠을 자고 새벽 4시에 기상하여 컴퓨터 앞에 앉아서 인터넷 정보의 바다를 혼자 열심히 항해하면서 하루를 시작한다. 가입한 카페는 물론이거니와 생각나는 단어를 검색하여 뜻을 알아보거나 오늘 할 일을 생각하기도 한다. 메일을 읽다 보면 광고성 메일과 가입한 카페의 안내 메일을 본다. 문학 활동의 카페도 들러 댓글이나 출석부 체크를 하기도 한다.

아침 운동은 아침 6시 30분에 집에서 출발하여 예버덩 문학의 집을 지나서 마당바위에 도착한 후 맨손 체조를 하고 돌아서 집으로 온다. 아직도 영하 날씨이긴 하지만 그런대로 걷다 보면 추위는 느끼지 않고 열심히 걷는 모습을 보게 된다. 걸으면서 이 생각 저 생각을 하면서 걷는 경우가 많다.

요즈음의 생각은 단연히 코로나바이러스 감염증에 대한 안내 방송과 나는 지금 예방수칙을 잘 지키고 있나 하는 자신의 점검 시간을 가진다. 그러면서도 나는 기저 질환이 있으니 조심해야 한다는 마음 다짐을 다시 한다. '오늘은 무얼 하고 시간을 보내야 하는가'

하는 생각도 한다. '농장에 가서 무슨 일을 해야 할까?' 하는 생각으로 다 하지 못한 청소와 정리하는 일을 우선으로 하고 과수 나무에 소독과 나무 찌꺼기를 치우는 일도 해야 한다. '꿈에 보인 어머니의 모습을 생각하면서 무슨 일이 있나?' 하는 막연한 생각도 한다. 걷기 운동은 걸어가면서 생각에 사로잡힌다.

오늘은 돌아오는 길에 윤 사장 부부가 차를 타고 가는 모습을 보았다. 아마 서울로 검진을 받으러 가는 모양이다. 심장이 나쁜 윤 사장은 폐암에 걸려 2년간을 치료 중이다. 요즈음은 그런대로 잘 버텨내고 있고 열심히 운동하는 모습도 본다. 이웃이라 아침 걷기 운동 시 팔굽혀펴기 운동을 하는 장소가 윤 사장 집을 바라보는 곳이라 매일 기상 여부를 점검하게 되어 있다. '차는 주차되어 있는지?, 운동은 하고 있는지?' 등 관찰하기도 한다.

귀촌 후 전원생활을 하면서 친구로 지내고 농사일을 도와주던 장 반장의 부인인 황 여사가 폐암으로 사경을 헤매고 있다. 그간 집에서 치료하다가 쓰러지는 바람에 119 응급차에 실려서 원주 기독병원으로 가서 재입원하여 치료하고 왔다. 재입원한 사실을 집사람에게 전화하여 알게 되었다. 다시 장 반장에게 문의하였더니 그렇다고 하면서 희망이 없는 말투라 걱정이 되었다. 시골에 내려와 농장에서 정리 작업을 하고 있는데 장 반장 조카 되는 하 지점장이 지나가면서 이모가 요양병원으로 전원하였다고 하였다. 다시 장 반장에게 전화하였더니 집으로 왔다고 하면서 아들들과 삼겹살을 먹고 있으니 놀러 오라고 하였다. 알고 보니 더 이상 치료를 할 수 없다는 의사의 말대로 부인은 요양병원에 맡기고 혼자 집에 온 것이다.

장 반장은 본처를 먼저 하늘나라로 보내고 혼자 40대를 살았고, 현재 부인인 황 여사와 재혼하여 22년간을 함께 살면서 오늘에 이르렀다. 황 여사는 전처의 아들 셋에 딸 두 명의 자녀들의 결혼을 주관하면서 어머니로서 자식의 뒷바라지를 하였다. 성격이 장 반장의 조용하고 내성적인 점과는 반대로 약간 거친 모습을 보여주었다. 동네 부녀회장도 오랫동안 하면서 봉사활동도 하는 등 인생을 열심히 살았다. 재혼하여 집도 새로 짓고 차도 새로 사고 나름대로 집안을 일으킨 것이다. 한 여자로서 이런저런 삶을 살아오다가 이곳 시골 오지로 와서 장 반장과 함께 부부로 연을 맺고 살아온 세월을 생각한다. 경제적 주도권을 가지고 나름대로 집안을 잘 이끌어 온 것이다.

법륜스님은 결혼은 사랑해서 한다는 것이 아니라 서로 필요해서 그리고 손익 계산을 해보고 이익이 있어야 한다고 하였다. 50대에 재혼하는 부부는 두 사람이 서로 필요해서 계산도 하지 않고 그간의 살아온 인생살이를 조금이나마 더 나은 수준으로 올릴 수 있을 것으로 생각해서 한 결혼일 것이다. 이제 장 반장은 아름답던 사연들을 가슴에 묻은 채 어차피 인생살이에서 만남은 이별의 시작이라는 생각으로 하루하루 살고 있다고 한다.

세상이 어수선하고 우리나라가 '코로나 19'로 인하여 정신을 못차리고 있다. 연일 바이러스에 의한 감염으로 확진 환자는 늘어나고 이로 인한 각종 사태로 아우성이다. 사람과의 접촉을 차단해야 확산이 안 된다니 누구와도 만날 수 없는 사회적 거리 두기를 실천해야 한다. 고독한 사람이 되고 있다. 심지어 가족과도 떨어져 있어야 한다. 시골에 있어 마스크 대란이나 감염의 우려는 적지만 주변에서 계속 발생하고 있으니 이웃사람과도 전화 외에는 모두 만나기를 꺼리고 있어 만날 수가 없다. 더구나 우리 부부는 기저 질환이 있는 고령자이니 더욱 조심해야 한다.

세상살이는 세상을 살아가는 것이란 뜻이다. 요즈음의 세상살이는 마음이 고달프다 못해 우울증에 걸릴 지경이다. 오늘이 경칩이다. 개구리가 잠에서 깨어난다는 시절이다. 봄은 자연히 찾아오는데 세상살이는 겨울을 못 벗어나고 있다. 언제 마음 놓고 생각 없이 돌아다닐 수 있는 옛날의 즐거운 시절이 오려나 하는 생각에 빠진다. 방송에서 확진자의 숫자가 줄어들고 퇴원자의 숫자가 늘어나는 순간을 두 손 모아 고대한다.

아~ 세상살이 뭐 그렇고 그런 거지 하는 마음으로 버틴다.

그러려니

세상이 어수선하여 정신을 차리고 살아야 한다는 생각은 하고 있지만 그래도 이건 아니다 싶을 정도의 일들이 주변에서 일어나고 있으니 스트레스 안 받고 살기 위하는 어쩔 수 없이 그럴 러니 하고 살아야 한다는 생각이다.

과년한 딸이 결혼을 안 하고 부모님과 함께 살겠다고 쫓아내지는 말아 달라고 하면서 한집에서 함께 지낸다고 한다. 식사와 잠자리 걱정하지 않고 여가를 활용하고 지내니 본인은 마냥 좋아하지만, 부모 마음은 답답해서 죽겠다는 하소연을 한다. 그것도 딸 둘 다 결혼을 안 하고 지내니 할 말이 없다. 다행히 막내아들은 결혼해서 손주를 두 명이나 두고 살고 있다. 출산 장려 정책으로 나이 많은 노처녀 결혼하여야 한다는 강제 법을 만들어 할 지경에 이르렀다는 어처구니없는 생각을 한다. 답답해 죽겠다는 하소연도 시간이 지나면 지나간다.

처음에는 이유를 모르고 있었다고 한다. 나중에 다른 사람을 통해서 들으니 할아버지가 손주를 편애한다는 이유였다. 며느리가 시부모와의 관계를 끊겠다고 하면서 아들에게 이혼하기 전에 우선 별거부터 먼저 해보자고 엄포를 놓는다. 마음 약한 아들은 부모를 찾아와 울면서 하소연한다. 이혼은 할 수 없으니 부모님께 참아 달라고 하니 어쩔 수 없이 며느리와의 관계를 끊고 산다. 며느리가 집을 나가니 손주들과도 관계가 끊어지고 아들만이 간혹 연락하면서 부모님에게는 벙어리가 되고, 처가 쪽에는 명랑 소년이 되어 산다. 결국, 집 나간 며느리가 되고, 이러한 가족 간의 새로운 칠거지악(七去之惡)**의 현상이 자연스럽게 발생하고 있는 현실이다. 사회가 모계중심사회로 바뀌었다. 개인주의가 팽배해지고 가족을 부부와 자식으로 한정하다 보니 시부모는 살아가는데 아무런 도움도 주지 못한다는 생각과 시집살이라는 고전을 아예 근원적으로 없애겠다는 생각에서 하는 행동이라 생각한다. 효는 어디 가고 병과 핍박만이 노년을 고독사로 몰아간다.

군 동기생이 집에서 외출 준비 중 갑자기 쓰러져 급히 119에 연락하여 대형병원 응급실을 찾았다. 병원에서는 코로나 19 검사를 하여야만 응급실에 입원 가능하다고 하면서 뇌경색으로 혼수상태인 환자를 붙잡아 두고 검사한 후 음성 판정을 받고 나서야 응급실

** 1. 시부모에게 불손 2. 무자식 3. 음탕 4. 질투 5. 나쁜 병 6. 말이 많은 것 7. 도둑질

에 들어가니 결국 골든타임을 넘기고 말았다. 의사는 왜 이리 늦게 왔느냐고 말하였다. 수술해도 산다는 보장은 없으니 '수술을 할까요?' 묻는다. 보호자 입장에서 수술하지 말라고 할 수는 없고 수술을 하긴 했지만, 처음부터 자신이 없는 수술이었으니 중환자실에서 결국 7일 만에 고인이 되고 말았다. 살 수 있는 응급환자 한 명은 코로나로 인해 죽게 된 것이다. 보호자는 가슴을 치면서 통곡한다. 분명히 신속히 30분 이내에 병원에 도착했는데, 코로나에 걸려 죽은 게 아니고 코로나로 인하여 죽은 것이니 더욱 안타깝다. 하긴 코로나로 인하여 하루에도 백여 명씩 죽어 나가는 이 마당에 병원에서는 검사를 안 할 수도 없고 그렇다고 혼수상태에서 생사를 오가는 사람에게 검사부터 해야 하는지 묻고 싶다.

모처럼 옛날 함께 지내던 이웃 친구분 가족과 안면도를 여행하였다. 우리 가족은 사실 결혼 50주년을 기념으로 아들이 계약해 준 호텔을 가면서 둘만 가는 것보다는 옛정을 추억 삼아서 두 분과 함께 가기로 하고 모시고 1박 2일간을 여행하였다.

친구분은 원래 당뇨가 심하고 심장 등 이런저런 내과적 질병이 많아 움직이는 병원이라는 별명을 가지고 산다. 그러나 본인이 열심히 운동하고 몸에 칩을 심어 수시로 당을 체크 할 수 있는 장치를 할 정도의 철저한 관리를 하여 잘 지내고 있다. 문제는 부인의 건강이 최근에 급격하게 나빠 져서 심장 혈관을 넓히는 수술을 받앉고 이곳저곳 아프다 보니 면역력이 떨어져서 제대로 걷지를 못하는 지경에 이르렀다. 하지만 다행히 안면도에 갈 당시는 많이 좋아져서 함께 여행하기로 하였다. 본인도 괜찮다고 말하면서 몇 개월 만에 처음 바람 쐬우러 간다면서 좋아하였다. 안면도에 도착하여 첫날은 그런대로 보내고 둘째 날 안면암을 구경하는 가운데 그 자리에서 주저앉은 일이 두 번이나 발생하였다. 더 이상 마무르기가 어렵게 되었다. 조금이라도 기력이 있을 때 귀가해야 한다는 급한 마음에 돌아왔다. 귀가 후 걱정되어 몇 번 전화 통화를 해보니 그런대로 요양하고 지낸다고 한다. 그래도 아들이 개업한 내과 의사이니 간호를 잘해줄 것이라는 생각을 하면서 다음을 약속하였다.

나이를 먹으면 병들이 몰려온다. 생각지도 않은 이명 때문에 고생하는 분이 있다. 어느 날 귀가 안 들리면서 머리까지 심한 통증이 오고 갑자기 쓰러지기도 한다. 그래서 생각지도 않은 병에 걸려 고생을 한다고 하소연을 한다. 누군가 사람이 나이 먹어서 죽는 병으로 치매, 순환기 질환 그리고 암에 걸려서 죽게 된다고 하였다. 나 역시 암에 걸려있고 이제 4년 차에 접어들었다. 다행히 전립선암은 20년 이상 살 수 있는 확률이 75%이니 그 속에 나도 포함될 것으로 희망을 품고 살아가고 있다.

이해할 수 없는 세상사는 그러려니 하고 넘어가는 것이 좋을 것 같다. 그러므로서 스트레스받지 않고 살아갈 수 있을 것이다. 요즈음 심해진 기억력 상실의 이유가 사회의 복잡한 사정을 잊어버리고 그러려니 하고 살아야 함을 알려주는 것이라는 생각을 한다.

2018년도 겨울나기

매년 겨울에는 대학교 평생교육원에서 한 과목을 선택하여 다니면서 시간을 보냈다. 그리고 건강을 지키기 위한 운동으로 걷기운동을 하였다. 특히 아주대 평생교육원에서 명리학, 한문 지도사, 문화 탐방 그리고 문예 창작반을 다녔다. 올해는 이곳 경기 광주로 이사를 와서 수원으로 가기에는 어려움이 있었다.

같은 아파트 사는 노인의 권유로 광주 노인 종합복지센터를 찾아가서 회원으로 등록도 하고 다닐 생각으로 가보았다. 너무 많은 사람에 치여서 답답하였다. 사람 냄새에 정신이 혼미 해지는 느낌이다. 나 역시 노인이지만 노인들의 우중충한 모습과 모여서 떠드는 소리에 질린다. 수강료는 삼 개월에 만 원이고 식사는 이천 원이다. 싸긴 한데 노인들의 모습에서 나를 보니 너무 안타깝고 불쌍해 보였다.

인터넷으로 대학교 평생교육원을 검색해보니 수원 경기대, 아주대, 죽전 단국대 세 곳이 검색되어 다닐만한 과가 있는지를 확인해 보았다. 문예 창작은 아주대 외에는 모두 없다. 전철 타고 가는 것도 그렇고 개강 날짜도 안 맞아서 결국 포기하고 말았다. 그러다가 어제 오포읍 주민자치센터에서 하는 프로그램을 알아보고 12월 19일 선착순 등록을 하면 되는 중국어 초급 과정을 다니기로 했다. 학생 수도 이십 명으로 적고 경쟁도 없고 비교적 젊은 사람이 많고 걸어서 다닐 수 있다. 그리고 국가유공자는 50% 할인 혜택도 있으니 노인복지센터보다는 나은 것 같다.

겨울 날씨가 푸근해지니 경안천 걷기 운동하기도 편해지고 하여 아내와 함께 새벽 운동하러 다녔다. 날씨가 오늘은 영하 9도로 뚝 떨어져서 겨울다운 날씨이다. 추운 날 아침에 '경안천' 걷기도 그렇고 해서 어제부터 아파트 계단 걷기를 시작했다. 우리 집이 9층이니 지하 1층에서 9층까지 5회 걸으면 50층에 16계단씩이니 800계단을 걷는다. 약간 땀이 날까 하는 정도이니 한겨울 추울 때는 이만한 운동이 또 있겠는가 싶다. 아파트 뒤에 있는 '백마산' 계단이 434계단이니 백마산 안 가고 간 거나 마찬가지 효과가 있다. 오후에는 '경안천' 변을 한 바퀴 돌았다. 오늘은 어제보다 더 추우니 계단 걷고 목욕탕엘 다녀오는 게 좋겠다고 생각했다. 매일 쉬어도 토요일, 일요일은 쉬는 날이니 라는 생각으로 혹시 손주들이 올지도 모르니 기다려진다.

연말연시 분위기가 옛날과는 사뭇 다르다. 경제적인 어려움이 너 나 할 것 없이 보편화 되었다. 즐거움을 표현할 여유가 없어졌다. 평소에 잘 먹고 잘 지내니 특별히 새로운 이벤트성 행사를 즐길 필요가 없어서인가? 나이에 따라 생각이 다르고 추구하는 것이 다른 만큼 그래도 젊은이들은 그냥 보내지 않을 것이다.

작은아들이 두 노인의 거처에 갖다 둔 크리스마스트리도 기껏해야 크리스마스 당일에만 불빛을 발하게 하였다. 병을 얻은 마음의 괴로움이 불빛마저 밝히지를 못하는 안타까움이 쌓인다. 외로움이 몰려오기 시작하면 그래도 애완견 딸기와 함께 이런저런 일로 시간을 보낸다. 작년 겨울에는 시골에 사는 윤 선생이 새로운 질병을 발견하여 치료한다고 하였는데 올해는 그것마저 닮았다.

겨울나기가 힘들다. 그래도 긍정적인 생각과 즐거운 마음을 갖고 살아가기를 열심이다. 하루하루 즐거움보다는 병마와 싸우면서 지내는 기분이다. 특별히 하는 것 없이 머릿속에서는 항상 서로 싸운다.

하늘마저 먼지로 가득한 이번 겨울이 빨리 지나가고 새봄이 오기만을 기다린다. 그리고 벚꽃이 활짝 피는 날 나의 몸도 마음도 새로운 생기에 넘치고 희망찬 하루를 보낼 수 있기를 원한다.

나는 드디어 대장

노인의 나이를 70세로 높여야 한다는 대한 노인회의 건의도 있었지만, 우리나라에서는 만 65세가 넘어가면 법정 노인이 된다. 괴테는 노인이 되면 건강, 돈, 일, 친구 그리고 꿈의 다섯 가지를 상실하게 된다고 하였다. 어르신은 이러한 자연적으로 찾아오는 상실을 늦추거나 받아드리지 않고 젊음을 유지하려는 분이다. 이러한 노인을 높여서 어르신으로 부른다. 한편 노인을 늙은이 고령자, 시니어, 실버라고 부르기도 한다. 요즈음 많이 사용되는 용어는 '실버, 시니어'라고 생각한다.

노인과 어르신의 차이점은 대체로 노인으로서 존경과 대우를 받기 위해서 언행을 신중하게 하고 성실하게 열심히 사는 점이다. 연륜이 쌓여갈 때 비로소 그 사람의 진정한 아름다움을 알 수 있다는 말과 같이 어르신은 아름다운 배려를 하는 마음을 갖은 사람이다. 노인은 게으른 자의 이름이고 어르신은 부지런한 자의 애칭이라 할 수 있다. 그러나 일반인들은 어르신이란 말을 평소 잘 사용하지 않지만, 장사하거나 서비스업종에 근무하는 분들은 어르신이란 호칭을 자주 사용하고 있다. 아예, 아버님 어머님이란 호칭으로 구매자에게 더 가까이 다가오고 있음을 볼 수 있다. 나이 먹어서 자연적으로 찾아오는 노인에서 탈출하여 어르신으로 사는 게 보람있는 일일 것이다.

이웃집에 새로 집을 짓고 전원생활을 시작한 배 소장은 나를 만날 때마다 어르신이란 호칭을 사용한다. '어르신'하고 부르면 기분은 그리 나쁘지 않지만, 나이 많은 노인이란 점이 별로 마음에 들지 않았다. 물론 나이가 법정 노인을 넘은 칠순의 중반이니 크게 나무랄 일은 아니다. 그러나 일시적인 호칭으로는 적합할지 모르나 일상생활에서 조금 듣기가 별로 좋지 않았다. 특히 배드민턴을 함께 운동하는 배드민턴장에서는 더욱 그렇다. 그래서 한번은 어르신이라 부르지 말고 지금 호칭 되고 있는 하 사장이나 군 생활을 했으니 하 대장으로 부르는 게 좋겠다고 했다. 그렇게 이야기를 한 후에도 계속 어르신으로 부른다. 자신의 나이보다 열 살 이상 차이 나는 분을 형님이라 부르기도 어렵고 그렇다고 아저씨로 부르기는 더욱 이질감이 생기고 해서 노인의 존경어인 어르신으로 부르게 되었다는 해명을 듣기도 하였다.

'예 알겠습니다. 하 대장님! 회원에게 공지하겠습니다.'라는 카톡으로 전해진 문자를 보았다. 연초에 회장이 취임 겸 식사를 한번 사겠다고 한 것의 답장이다. 소장에서 회장으로 승진하더니 어르신에서 대장으로 승진시켜주어서 고맙다는 문자를 보냈다. 군 생활한 나로서 제대로 진급도 못 해보고 나온 주제에 이제 마음의 별 네 개를 달아주는 대장으로 불러 주니 얼마나 고마운가?

대장 하니깐 육군 대장이 공관 관리병에 대해 갑질했다는 내용이 연일 신문에 대서특필 되고 망신을 톡톡히 당하고 군법회의까지 회부 되는 초미의 사건이 있었다. 모든 사람들은 아마 불쾌하게 보았을 것이다. '별이 다섯 개'하는 돌침대 선전의 별이 아닌 삼십여 년을 군 생활하면서 국가로부터 받은 별 네 개인 대장의 부인이 공관병에게 행한 갑질이라는 미명으로 하루아침에 추락하는 모습을 보았다. 별 네 개도 별거 아니구나 하는 마음만이 답답하다. 얼마나 힘들게 사적 용무를 시킨 건지 무엇을 갑질했는지는 제쳐 두라도 사회평등의 이름 아래 이러한 일이 일어나는 우리나라의 현실이 군 생활을 한 나로서 어이없는 한심한 작태라 생각된다. 이런 대장이 아닌 회원들이 마음속에서 우러나오는 대장 호칭은 힘을 갖고 더욱 열심히 살아가시라는 응원의 함성으로 생각할 수 있다.

어르신 호칭이 주는 노인의 이미지에서 힘과 통솔력을 보여주는 대장이라는 호칭을 이제부터는 좋아하고 사랑해야겠다. 장군은 지장과 덕장과 맹장으로 나눈다고 한다. 이중 덕장은 품이 넓어 아랫

사람의 의견에 귀를 기울일 줄 알고, 부드럽게 감싸 안아 조직을 융화시키고 자신을 내세우지 않아 조직의 존경을 한몸에 받는다. 그러나 자칫 줏대 없이 사람 좋다는 소리나 듣기 딱 좋으며, 덕만 있고 위엄이 없으면 속없이 잘해줘도 나중엔 아랫사람이 버릇없이 굴기도 한다. 하지만 원래 몸에서 풍기는 모습이 오랜 군 생활에서 배인 남에게 딱딱한 말 붙이기 힘든 모습이니 그런 문제로 걱정을 안 해도 될 것 같다. 조금 더 부드러워져야 덕장으로서 자격을 갖추어진다는 생각이다. 아니면 나이가 있어 어렵겠지만, 마음만은 등반대장이나 기동대장, 행동대장처럼 앞에서 행동하고 리드하는 대장으로서 모습을 갖는 것도 어떨까 생각해본다.

대장이란 지휘통솔의 최고층에 이른 계급을 말한다. 하지만 이러한 외형적인 부여된 권한과 임무보다는 소속회원이 우러러보는 대상으로서의 손색이 없는 사람으로서의 됨됨이가 되어야 한다. 그렇게 함으로써 마음속으로 존경심을 갖게 되고 말과 행동을 조심해야 한다. 회원들과 진솔한 마음을 공유하면서 서로를 위할 수 있는 가운데 진심 어린 눈으로 바라보는 모범이 되는 것만이 대장이 되는 것이다.

아무래도 노인은 온화하고 너그러우면서 인자한 모습으로 누구나 쉽게 상담할 수 있는 모습을 갖는 게 중요하다. 그러므로서 마음의 대장도 될 수 있고 존경을 받는 어르신에서 한발 더 나아 갈 수 있는 것이다. 덕과 위엄의 조화, 즉 머리와 가슴과 실력이 균형을 이루어 원만한 인간관계와 일에 대해 멋진 성과를 가져오는 새해이길 우리 모두에게 바란다.

세월이 주는 선물

이번 추석 명절은 작년에 이어 공식적으로 제사를 안 지내는 관계로 크게 신경을 안 쓰는 하루가 되길 바랐다. 그래도 손주들과 자식들이 온다니 어머니로서 이것저것 준비하느라 하루를 보내고 명절날 작은아들은 배드민턴복을, 큰아들은 골프용품과 비타민제를 추석 선물로 주었다. 국제중학교 선수로 뽑힌 키 큰손주와 배드민턴을 치고 자식들과는 고스톱을 하면서 즐겁게 웃으면서 하루를 보냈다. 옛날에는 할 일도 많았는데 요즈음은 별로 할 일이 없다. 각자의 다음 할 일을 하도록 배려하고 보니, 이제는 시골에 가서 할 일을 생각한다.

명절을 쉬고 특별한 일이 없으니 시골로 향해서 아침 일찍 출발하였다. 이것저것 챙겨서 6시 20분경 경기 광주시 오포읍 양벌 아파트를 출발하여 이른 아침이라 그런지 아직은 왕래하는 차가 없는 시내 도로를 지나서 광주 원주 간 고속도로를 시원하게 달라서 1시간 30분이면 횡성 강림으로 도착하게 되어 있었다.

차 안에서 명절날 며느리로부터 아들에게서 들은 집안 이야기를 전하고 평가를 하고 의견을 교환하면서 오다가 아침 식사를 어떻게 할 건지를 물었다. 시골에 도착하여도 밥이 없으니 양평 휴게소에 들러서 아침 식사하고 가자고 하였다. 동의하고 양평 휴게소에 들렀다. 양평 휴게소만 도착하면 거의 반 이상은 온 걸로 생각할 수 있다. 얼마 안 가면 원주 JC를 지나서 영동선과 합해지게 된다.

휴게소에 도착하여 식사하려고 내리면서 손가방이 없다는 것이다. 어디에 두었는지 모르겠다고, 생각이 안 난다고 하니 기가 찬 이야기를 듣고 할 말이 없다. 핸드폰으로 전화를 해보아도 소리가 안 나오니 차 안에는 없고 그러면 집에 두고 안 가져왔나 하고 생각할 수도 있다. 당신이 나갈 데 옆으로 메고 나가는 걸 보았다고 이야기하니 그랬나 하는 모습이다.

개를 데리고 먼저 나와서 개똥을 치우느라고 아파트 쉼터 의자에 두고 개똥 치우는데 정신을 빼앗겼을 거로 생각하여 옆에서 그러한 이야기를 했더니 그제야 생각이 난다면서 반 우는 얼굴이었다. 얼굴은 백지처럼 자신을 걱정했다.

이렇게 정신없는 일을 저지르다니 하는 후회스러움과 남편에게 죄송스러움이 교차하는 모습이었다. 카드와 현금, 그리고 휴대폰까지 두고 왔으니 아무튼 다시 집으로 가야 하니 차를 서양평 IC에서 돌려서 집으로 갔다.

다행히 어제는 고속도로비는 공짜라 속도는 150 정도를 내고 열심히 달리는 사이 계속 전화를 한다. 다시 아파트에 오니 그 사이에 12번 정도 한 전화는 받지 않고 다행히 벤치에 그대로 앉아 있으니 아내는 반가운 마음에 어쩔 줄을 모른다. 손가방이 '정신 차리세요. 이 여사님! 개똥보다 내가 더 중요합니다. 다음에는 못 만날 수도 있습니다.'라고 이야기했으면 좋겠다.

얼른 손가방을 주워서 카드와 현금을 확인하여 보고는 안도의 모습으로 돌아왔다. 다시 차를 타고 강림으로 왔다. 양평 휴게소까지 왕복 80분이 소요되었다.

시골에 오니 처남 형님이 왜 그리 전화를 안 받았느냐고 하시면서 안부 전화를 하시니 손위분의 전화를 그것도 명절에 받아서 미안해서 몸 둘 바를 모르겠다. 차에서 내리면서 아내가 자기의 잘못을 시인하고 죄송하다고 말을 했다. 지금까지 살아오면서 처음으로 들었다. 웬만해서는 잘못했다는 말은 안 하는 사람이 이제는 할수 없는가 보다. 휴게소에 안 들렸으면 강림에 도착까지 모르고 왔을 거다. 다시 올 때는 차가 밀릴까 봐 휴게소도 안 들리고 그냥 집으로 와서 아침밥을 먹으니 9시가 넘었다. 정신 차리고 살아야 한다고 몇 번 이야기하고 다짐을 받기도 했다.

그냥 개똥을 그대로 두지, 아파트 잔디밭에 있는 개똥 치운다고 낙엽에 싸서 버리는 준수 인의 모습이었다. 그러한 일이 결국 아침부터 사람 헤매게 한 것이라는 설명에는 동의하지 않았다. 가지고 온 송편과 부침개를 이웃에 사는 안타까운 사람에게 나누어 주기 바쁜 자상스러운 아내의 모습을 보았다.

세월의 흐름에서 얻은 또 하나의 선물이다. 그간 그릇 깨는 것부터 탁자 위에 유리 깨는 것으로 하여, 시골에서 광주로 돌아가면서 물건을 두고 간 일이 많긴 하지만 그래도 얼마 가지를 않아서 기억하는 바람에 금방 돌아올 수 있었다. 칠순이 지나고 나서부터는 창고 문의 키로 보일러실 문이 안 열린다고 하는가 하며, 남편을 단속하고 감독은 잘하면서 자기의 관리를 잘못하고 있다는 생각이다. 나이 먹으니 남편은 초등학생, 아내는 선생님으로 변한 것은 그래도 다행한 일이다. 젊은 시절 지은 죄로 죄수와 간수로 변하면 완전히 죄지은 남편은 항시 머리 숙여 사죄해야 하는 일이 반복된다.

나 역시 옛날 같으면 언성을 높이고 난리를 치면서 화를 냈을 일에도 그냥 덤덤하게 말하는 모습은 세월이 흐르면서 자연스럽게 얻어진 일이라는 생각이다. 아마도 암도 세월의 무게로 인하여 생긴 질병으로 생각된다.

세월의 흐름에서 잃은 것도 많지만, 하늘을 향한 길에서 이것저것 얻는 것이란 결국 암표와 병원 출입증이라 생각된다. 깜박하면서 지내는 일이 건망증으로 끝나야지, 치매로 이어 지면 큰일이다. 아들들에게 엄마에게 전화를 자주 하라고, 그리고 즐거운 일만 연락하라는 당부를 해두었다. 처음에는 지키는 것 같았으나 살기 바쁜지 요즈음은 뜸하다. 다시 카톡으로 독촉하는 모양으로 보냈다. 두 번 다시 이런 일이 일어나지 않기를 바란다. 제발 우리 부부에게 치매는 오지 않기를 다시 한 번 기원한다.

어느 날의 일상

새벽 4시에서 4시 30분 사이면 무조건 기상한다. 사실 밤 8시가 되면 졸음이 스멀스멀 찾아오고 이를 참다가 잠이 든다. 그리고 두 시간 간격으로 소변이 마려워 잠자리에서 일어나서 화장실에 하룻 저녁에 3~4회 정도 다녀온다. 그러다 보면 4시 전후해서 일어나게 되고 잠과는 우선 결별한다. 기상과 동시 제일 먼저 따듯한 물 한 컵을 마시고 안마기의 블루투스를 연결한다. 잔잔한 음악을 유튜브를 이용하여 들으면서 이십여 분을 보낸다. 그리고 내방에 설치된 음악 박스를 이용하여 계속 음악을 들으면서 생각에 잠긴다. 음악 치료를 한다고 생각한다.

차가버섯을 따듯한 물을 이용하여 먹고 나서 인터넷 검색을 한다. 이메일부터 문학 카페를 섭렵하면서 수필 읽는 시간을 가진다. 6시 30분이 되면 날씨를 봐서 춥지 않으면 경안천 걷기를, 추운 날이면 아파트 계단 걷기 운동으로 한다. 경안천 걷기는 한 시간 반 정도 하면 약 팔천 보를 걷게 된다. 계단걷기는 일천 계단 정도를 걷는다. 지하 1층부터 9층까지 5번을 오르락내리락 한다. 내려갈 때는 엘리베이터를 이용하지만, 엘리베이터 내에서 기마자세를 취하고 내려간다. 걷기뿐 아니라 기마자세 중단 찌르기도 통로에서 실시한다. 보수로는 이천 보 정도를 계단걷기로 채운다.

아침 식사는 7시 30분 전후로 먹는다. 채식 위주로 식사한다. 가지와 브로콜리는 빠지지 않고 먹는다. 계란 한 개 고구마 약간, 김에다 해조류를 싸서 먹고, 양배추와 김치도 먹는다. 된장국이나 미역국을 하여 아침은 그런대로 맛있게 먹고 있다.

점심은 대체로 외식을 한다. 근처 음식점을 찾아다니면서 종합 보리밥집을 위주로 하여 대구뽈탕과 코다리를 먹거나 추어탕, 동태탕을 먹고 낙지, 오리고기도 수시로 먹는다. 저녁은 아침에 대변을 잘 나오게 하기 위해서 고구마와 야콘으로 해결한다. 과일은 사과 한 개와 바나나, 딸기 등 수시로 먹는다. 특히 견과류는 생각날 때 자주 먹고 있다.

외출이 없는 오늘은 가만히 앉아서 창문을 통해서 밖을 본다. 아파트 정문과 그 앞의 공지를 바라보고 있노라면 지나간 세월에 대해 후회스러운 일들과 앞으로의 걱정이 되는 이 생각 저 생각이 떠오른다. 하늘은 잿빛으로 아무것도 보이지 않고 부연 재를 뒤집어쓰고 있는 잔뜩 흐린 모습이다.

일어나자 아프다고 하소연하는 아내는 아예 돌침대 위로 도로 복귀하여 드러누워 버렸다. 밤늦게 텔레비전에서 연말에 하는 각종 시상식 장면이나 연예 프로에 빠져서 밤늦게까지 시청하다가 자고 낮에는 졸다가 결국 아프다는 이유로 잠을 잔다고 생각한다. 어제만 해도 큰아들이 모처럼 방문하여 부모님을 모시고 한 시간을 달려서 대부도로 갔다. 자신이 잘 아는 식당에 들러 싱싱한 잡어탕을 먹을 때에 밥을 한 공기 더 시켜서 먹고 오면서 계속 차에서 졸다가 왔다.

내가 암에 걸려 아프고, 검사가 얼마 남지 않은 사실 때문에 자신이 아프다는 걸 강조하지 못하고 있다. 그냥 소파에 누워서 지내는 거로 버티다가 오늘은 아예 안방 침대로 들어가고 말았다. 칠순 할머니의 오래된 노후의 몸의 조직이 이완된 것은 흐린 날씨 탓도 있다.

'운동해라, 걷기 해서 활동을 하는 게 좋다'는 이야기는 들은 척도 안 한다. 오늘 점심은 대구뽈탕을 먹으러 갈 생각이다. 제법 걸어서 가야 하는 식당이라 집사람 운동도 할 겸 간다.

애완견 딸기가 아무 곳에나 똥오줌을 싸고 다닌다. 아프지 않을 때는 화장실 구석에서 해결하던 일을 쿠싱증후군이란 병에 걸린 후부터 기억력이 없어진 건지 화장실 입구나 식당 밑 언저리에 싼다. 매트를 깔아 주기도 하고 안방은 아예 폐쇄해서 가지 못하도록 조치를 하고 출입구의 화장실을 대소변 보는 곳으로 정하여 두고 당번을 한다. 그간 오줌 누는 곳에 대해 몇 번의 훈계 교육을 했으나 자신을 나타내기 위해서인지 같이 안 놀거나 관심이 안 보이면 오줌을 지린다. 하루에 소변을 여섯 번 정도 대변을 두 번 정도 본다. 용변을 본 걸 확인하면 즉각 뒤처리한다. 화장실 입구에 소변 본 게 발견되면 야단맞을까 봐 식당 밑으로 가서 숨는다. 화장실을 물기 없게 깨끗이 하지 않으면 용변을 화장실 입구에 갈긴다. 그래서 화장실을 수시로 점검하여 깨끗이 해둔다. 하루의 주요 일과가 애완견의 용변 치우는 일이다. 짜증이 나지만 어쩔 수 없다는 생각으로 긍정적으로 마음먹고 즐겁게 치우고 있다. 하지만 스트레스를 받는 일임은 어쩔 수 없다. 속으로 빨리 수명이 다하기를 바란다.

점심 먹으러 가자는 말에 집사람은 침대에서 잠자는 모습에서 금방 일어난다. 그리고 옷차림을 제대로 고치고 따라나선다. 걸어서 '해물 천하' 식당으로 가서 대구뽈탕을 시켜 먹었다. 집에 들어오자마자 딸기와 부딪친다. 소변을 문턱에 싸놓았다. 야단칠 것을 생각해서 식탁 밑이나 할머니에게로 가서 숨는다.

집사람은 점심을 먹었으니 이제 졸음과 친해진다. 당연히 아내는 돌 소파에 누워서 TV 시청과 잠을 청한다. 서재에 앉아 내년의 수필 계획을 그리고 그동안 써놓은 수필을 새로 읽고 점검한다. 문학지에 대한 정보를 알아보고 내년에는 좀 더 적극적인 활동 계획을 세워본다. 회원이 되어 활동하고 있는 수원 문학, 경기수필에 올해 나의 글이 게재된 푸른 솔 문학, 문학의 봄, 계간 문예지의 작가회에 가입하고자 메일을 보냈다. 겨울비가 냄새를 낼 정도의 겨울비가 내린다. 십이월의 마지막 전날 눈이 오지 않고 비가 온다. 내일부터 추워진다는 데 대한 걱정이 앞선다.

내년 일월부터 자치센터에 일어 기초반에 다니고 탁구 개인지도를 받으면서 지내야 한다. 무료한 시간은 멀리 가고 즐겁고 보람찬 날들이 기다리고 있다는 마음으로 하루를 보낸다.

대화

아침 일찍 백마산으로 운동하러 가기로 하고 걸었다. 능선까지 올라가는데 그동안 걷는 운동을 하지 못해서인지 힘들다. 농사일 한다고 몸은 많이 움직였으나 운동은 안 되고 특히 다리 힘을 보충해주지는 못했는가 보다.

헉헉거리며 능선에 올라와서 조금 의자에서 쉬고 나니 한결 몸이 좋아지는 것 같았다. 조금 더 올라가면 운동기구가 있어 더 올라갔다. 운동기구를 활용하여 운동도 하고 숨을 내쉬기도 하면서 숨쉬기 운동을 병행했다. 정말 공기가 좋다고 생각을 하게 되었다. 백마산을 염두에 두고 이사 오기를 잘했다고 생각을 하였다.

헬기장까지 올라갈까 생각도 하였지만, 직선에 가까운 계단 숫자가 많아 너무 무리가 될 것 같아서 그만두고 운동 후, 오늘은 대주아파트 방향으로 내려가기로 하였다. 처음 내려오는 길이라 무거운 나무 지팡이를 의지하면서 급경사를 내려오니 삼거리가 나왔다. 어디로 가야 할지 잘 몰라서 우선 산소가 보이는 오른쪽으로 갔다. 백여 미터 가고 보니 더는 길이 없고 산소가 마지막임을 확인하고, 이번에는 좌측으로 내려왔다.

개울도 건너면서 한참 내려오니 아파트 주민들이 일구어 놓은 텃밭들이 나왔다.

그곳에서 일하고 있는 남자 한 분에게 말을 걸었다.

"무얼 심으려고 하십니까?"

"아요, 풀이 못 나오게 검정 비닐로 덮어 두려고 합니다."

"이곳에는 고라니 피해가 없는가 봅니다."

"아닙니다. 호박잎까지 모두 따먹었습니다."

텃밭으로 슬슬 내려가 보니 상추는 아예 다 뜯어 먹고 콩잎, 호박잎도 성치 않았다. 이 편한 세상 아파트로 이사를 하였고 시골에서 농사를 짓고 있다고 이야기하였다. 인터넷으로 알게 된 '고라니 퇴치법' 중 크레졸에 의한 방법을 가르쳐 주었다. 잘 이해를 하지 못해서 몇 번을 설명하였다.

서로 인사나 하자면서 악수를 하고 어디 사느냐고 물으니 대주아파트에 산다고 한다. 나이는 61세라고 한다. 그러면 나와 띠동갑이 된다. 나는 칠순이 넘었다고 하였다. 나이 확인이 끝나니 말투가 존댓말로 바뀌었다. 무얼 하면서 시간을 보내느냐고 하니 농협 앞에서 부인이 조그만 식당을 하는데 일을 도와주고 있다고 하였다. 뷔페식 식당이라고 해서 '아! 그러면 어제 내가 집사람과 함께 점심을 먹은 곳이구나.' 생각하고 확인을 해보니 바로 맞추었다. 어제 아들이 고기를 특별히 많이 주어서 잘 먹었다는 인사를 다시 하고 서로의 마음을 여는 이야기를 시작하였다.

이분은 이곳 광주 삼동이 고향이라면서 식당 일은 너무 힘이 들어 팔라고 내놓은 상태라는 것이다. 어제들은 이야기지만 대주아파트도 식당도 모두 팔리지 않아 고민이라는 것이다. 임대료나 받을까 해서 원룸 건물을 짓고 있다고 했다.

그곳에서 아들이 일식집을 처음에 했는데 잘 안되어 아들은 그릇 가게를 하게 해 주고 부부가 한식 뷔페를 하고 있다고 한다. 식당 종업원의 인건비가 너무 비싸서 수지 타산이 안 맞는다고 하면서 어려움이 많음을 호소하였다.

나는 이곳으로 이사 오게 된 이유와 강원도 횡성에서 농사를 짓게 된 사연들을 이야기하였다. 조금 있으면 감자를 수확하고 들깨를 심어야 한다. 들깨와 토마토는 고라니가 안 먹으니 둘레에 심으면 고라니의 접근을 방지할 수 있다는 이야기도 하였다. 잡초가 자라는 걸 방지하기 위해 텅 빈 밭에 대형 검은색 비닐 씌우는 작업을 하는 걸 조금 도와주었다.

어제 점심 먹으러 간 식당에서 주인아주머니가 '대주아파트'에 산다고 하면서 이런저런 이야기를 나누었다. 그런데 오늘 아침에 남편 되는 분을 텃밭에서 만날 줄은 몰랐다. 사람의 인연이란 이런 것이다. 우연히 들린 식당 주인을 텃밭에서 만나다니 반갑고 놀랍다. 앞으로 자주 식당에 들르겠다는 이야기와 내일도 이곳으로 와서 만나서 이야기 나누자고 하였다.

사람이 살아가면서 사회적 활동을 하는 중에 서로 간 이야기하고 웃고 즐길 수 있는 친구가 필요하다. 하지만 사회적 활동이 거의 없는 고령자는 이야기할 사람이 없다. 나이 들어 술도 못하니 술친구도 떨어져 나가고 직장생활을 함께하던 직장동료도 제 갈 길을 가버리니 친구 구하기도 힘든 일이다.

사이버 대학이나 평생교육원에서 만난 학생 친구들도 과정이 끝나면 만나기가 어렵다. 인터넷 카페에서 만나 함께 걷거나 등산을 하면서 지낸 회원들과도 그렇다. 시골에서 전원생활을 하면서 농사일로 서로 대화를 갖는 농업인으로서 함께 하고 있지만 즐거운 시간을 갖기는 어려운 실정이다.

요즈음은 수필을 쓰면서 책을 벗 삼아 지내거나 인터넷에 올라온 글들을 읽어보면서 시간을 보낸다. 간혹 문학을 전공하는 분들과 교류하면서 서로 소통하고 있는 형편이다.

우리가 살아가는 동안 우연한 일치로 인한 행운을 잡는 경우는 드물다. 오늘 아침 만난 김 선생은 만남을 기화로 하여 서로 간 대화를 하게 되어 생소한 이곳에서 처음으로 새로운 친구를 만나게 되었다. 이틀 후에는 군 동료 간 등산 계획이 있다. 오랜 군 생활을 함께한 친구들이라 부담 없는 막연한 사이이다. 그날 만나면 툭 터

놓고 이야기할 기회를 실컷 누려 보고 싶다. 내일 아침에 김 선생
만나는 일을 기대한다.

들뜬 기분

 요즈음은 약간의 들뜬 기분으로 지내고 있다. 하는 일이 잘 풀리고 아들이 잘되어서 자랑할만하기 때문이다. 우선 골프에서 일 번 드라이브 잘 맞으니 그다음부터는 큰 문제 없이 공을 그린에 올리고 잘못하는 퍼팅으로 '똥그랑댕'(홀인원)은 못해도 홀에 가까이 갈 수 있는 것으로 만족한다. 그동안 일 번 드라이브의 실수로 김이 새고 한 번 더 칠 기회를 얻어 겨우 치긴 해도 얼마 나가지 않는 거리로 인하여 다시 마음이 상했다. 그러나 요즈음은 드라이브가 잘되니 모든 게 잘되는 것이다.

 "아버님, 잘 치십니다. 저희와 게임을 해도 되겠습니다."

 함께 온 아들 친구의 하는 말을 들으니 얼마나 다행인가. 그 후 이웃 부부와 원주에서의 골프도 생각보다 아주 잘 진행하였다는 생각이다. 즐거운 마음으로 귀가할 수 있었다. 이런 기분으로 골프 운동이 이어지길 바라는 마음이다.

 75세의 나이를 맞는 생일이 얼마 남지 않아서 큰아들로부터 전화가 왔길래 컴퓨터가 너무 늙어 잘 안되니 좀 바꾸어 달라고 하였다. 속으로 생일 선물로 생각하였다. 생일 이틀 전에 컴퓨터를 가지고 와서 설치해주고 갔다. 그리고 함께한 골프운동에 대한 대화를 나누면서 한 수 배웠다는 생각이다. 아들의 아버지에 대한 배려의 마음을 읽을 수 있었다.

작은아들은 요즈음 회사 주식을 코스닥에 상장하느라고 무척 바쁘다. 29일이 상장되는 날이라 어쩔 수 없이 나의 생일이 지난 후 사돈 내외와 함께 아들 집에서 만나기로 하였다. 작은아들 집에서 만난 사돈들은 주식에 대한 그간의 동향에 관해 이야기를 주고받으면서 아들과 며느리를 사돈 간에 서로 칭찬이 이어진다. 초기 강원도 강릉 안목항에서 지내던 아파트 시절에서의 낭만을 이제는 지나간 즐거운 추억으로 나눌 수 있었다. 사돈 내외는 사위의 일로 인하여 아는 분들에게 밥 사기 바쁘다고 하면서 이런저런 이야기를 한다. 친척 모든 분께 상장기념 선물을 하여 양 집안에서 칭찬과 기쁨을 함께하고 있는 모습들을 설명하기 바쁘다.

사부인이 요즈음 노인입문과 동시 골프도 입문하여 연습 중이다 보니 서로 간 골프를 화제로 대화를 이어 나갈 수 있어 좋았다. 함께 칠 기회가 코로나 19로 인하여 너무 어려운 시대라 예약하기가 하늘의 별 따기이다. 사돈이 예약하기 위해 노력 중이니 모처럼 함께 할 수 있기를 바랄 뿐이다. 결론은 부모가 아프지 않고 건강하게 살아가는 것이 자식들에게 도움을 주는 일임을 서로 확인하면서 열심히 건강하게 운동을 하기로 하였다.

오늘 기쁨의 시작은 고3 작은아들에게 아버지의 불우한 어린 시절에 경험한 철공소 생활에 대하여 보고 듣고 느낀 점을 강조한 결과로 생각한다. 대학을 이공계에 가도록 한 아버지의 생각도 포함되었을 것이다. 이름도 쇠 철(鐵)을 사용하여 뜻을 이루도록 명시하였다. 이러한 아버지의 생각을 이어받아 재료금속을 전공하고, 연구원 생활에서 연구하던 연구 과제를 그대로 기업화하려는 생각을 품게 된 것은 순전히 아들의 결심이었다.

초창기 벤처기업으로 강원도 강릉 대학교에서 조그만 사무실 하나에 시작하여 16년 만에 당당한 기업으로 성장하게 하였다. 그간 강원도 강릉에서 경기도 안산으로 그리고 현재의 오산으로 옮겼다. 기술적인 면에서부터 회사 경영에 이르기까지 노하우를 축적하여 어려운 '코스닥' 상장 심사과정을 거쳐 오늘에 이른 것이다. 열심히 앞만 보고 살아온 아들의 생활에서 오늘의 주식 공개 기쁨을 찾을 수 있을 것이다.

아들 자랑으로 팔불출이 되었다는 생각이다. 웃음이 떠나지 않는 즐거운 만남이다.

상장기념으로 양가 부모에게는 양복 한 벌씩, 여자분은 코트 한 벌씩 그리고 나의 생일 선물로 골프복 한 벌과 겨울 외투 한 벌을 선물 받고 보니 너무 많이 받은 것이 아닌가 하는 기쁨이 용솟음쳤다.

백화점에서 옷을 선물 받고 식당으로 가니 그곳에 사부인이 음식점으로 배달시킨 꽃다발과 케이크가 도착해 있었다. 선물을 받고 생일 축가를 부를 때는 너무나 고마워서 눈물이 날 지경이었다. 연신 사진을 찍고 이런 즐거운 날이 기억 속에서 계속 이어지기를 바라는 마음이었다. 더구나 교회 장로이신 사돈의 기도는 항시 마음을 편안하게 하고 희망의 메시지가 되고 있다. 특히 나의 건강을 위한 기도의 힘으로 오늘날까지 암과의 싸움에서 이기고 있음을 알고 있다.

올해 86세인 최종만 수필가의 『바다를 미워하는 여자』라는 수필집의 '팔불출'이라는 글에서 아들이 육십 회갑, 칠순과 팔순을 모두 찾아서 잔치를 해주고 자신이 써놓은 글들을 모아서 수필집도 출판해주는 아들이라는 자랑을 하면서 자신이 팔불출이 되어도 좋다는 이야기를 읽었다. 이 글을 읽고 나서 나와 아들을 비교해보니 나 역시 작은아들의 회사가 '코스닥'에 상장되는 경사와 큰아들이 컴퓨터를 구매하여 설치해준 일이나 요즈음 무척이나 어려운 골프를 함께 칠 수 있게 해 준 일들을 자랑하고 다니기에 좋은 일들이라는 생각이다.

부모가 팔불출이 되어간다는 농담을 작은아들에게 하면서 즐거운 하루하루를 보내고 있다. 집사람은 동네 분들에게 식사 한번 사겠다고 큰소리쳤다. 나 역시 배드민턴 회원은 물론 주변 이웃들에게 자랑하기 바쁘다. 들뜬 기분으로 지내니 행복한 나날임은 틀림없다. 인생살이에서 자식이 주는 즐거움이 가장 큰 기쁨이다. 오십을 바라보는 아들들에게 부디 몸 건강하고 행복한 나날이 되기만을 기원한다.

나의 공부 이력서

　나이 먹고 보니 제일 후회스러운 일이 그리고 가슴에 사무친 한 가지 일은 고등학교에 합격하고도 못 다닌 것이다. 나름대로 지방에서 유명한 학교인데, 남들은 불합격하거나 실력이 안 되어 못 가는 학교였다. 동네에서 혼자 합격한 인문 고등학교를 입학금이 없어 못 다니게 된 일이 꿈에도 생각나는 후회스러운 일이 되었다.

　노무현 대통령도 나와 동갑이지만 고등학교 나와 사법 시험에 합격하여 대통령까지 되었다. 나도 대통령까지는 아니더라도 현재보다는 나은 사회적 직위를 갖고 살았을 것이라는 막연한 생각에서 자꾸만 지워지지 않고 기억 속에서 떠오른다.

　남들 학교 다닐 때 철공소로 그리고 그곳에서도 시간만 있으면 영어 수학책을 보고 공부하다가 반장에게 들켜서 임금 책정 시 제일 적게 올라가는 일도 있었다.

　그만큼 공부를 못 한 것에 대한 한이 서려 있다.

　공부하라는 부모님의 말씀을 들어 보지도 못하고 살아온 세월이 아쉽게 느껴진다. 가난으로 공부보다는 가계에 보탬이 되는, 가족이 먹고살 수 있는 생존의 길에 들어가야 하는 팔자를 타고 나서 어쩔 수 없다는 팔자소관으로 치부할 수밖에 없다. 시대적 상황이 어렵고 힘든 경제적 여건이다 보니 하루하루 먹고사는 게 삶의 목표요, 희망이었다. 정상적인 학교생활은 중학교가 전부이고 어린 나이에 군에 입대하여 부산 병기학교에서 광학기재반 조교로 근무하면서 야간 고등학교에 다녔다. 대학을 다니는 게 꿈이었다. 야전 잠바 상의에는 영어 사전과 수학 요약집을 넣고 시간만 있으면 꺼내서 보고 공부하였다. 부산 동아대학교 야간 영문과에 시험을 치렀으나 떨어지고 난 후 장교시험에 응시하여 광주 보병학교에서 훈련을 받은 후 소위로 임관되었다. 최전방에서 근무하기 시작한 후 십여 년의 세월이 흐르고 전역하면서도 배관 기능사 공부를 하여 자격증을 획득하였다. 직장 생활을 하면서도 공부에는 게으름을 피우지 않았다.

예비군 동대장으로 근무하게 되고 군무 사무관으로 국방부 공무원이 되면서 생활이 안정되고 보니 다시 공부할 기회를 갖게 되었다. 당시에 유행하던 방송통신대에 83학번으로 입학하게 된 것이다. 행정학과에 입학하여 서울 시립대에서 방학기간에 출석 수업도 하면서 성적 우수 장학금을 받아 가족들과 함께 자장면 파티도 하였다.

당시 어려운 졸업시험을 일반과 영어 시험에 합격하여 정상적으로 5년 만에 졸업하게 되었다. 졸업 후 89학번으로 경기대 행정대학원 도시 및 지역개발 행정학부에 어머님이 보내주신 등록금으로 입학하여 석사 과정을 2년 6개월 만에 성적 우수 장학생으로 총장 표창을 받으면서 졸업을 하였다. 양가 어머니들이 상경하여 함께한 졸업식에서 축하의 꽃다발을 받기도 하였다.

대학원 석사 학위까지 받은 마당에 더 이상 공부는 없다는 생각으로 지내다가 막상 군무원을 퇴직하고 나니 마땅히 할 일이 없어 고민하였다.

그 시점을 기준으로 하여 생활에 도움이 될 수 있는 사회 각종 자격증에 도전하는 길에 들어서게 되었다. 처음으로 보험 대리점 장으로 근무할 수 있는 교육을 삼성화재보험에서 배우고 보험 협회에서 시험을 치러 합격을 하였다. 그때는 지금과 달리 보험에 가입하기를 싫어했다. 동네 분들이 모두 보험에 가입하기를 꺼리지만, 공인중개사 자격증을 따서 부동산을 하면 도와주겠다고 하였다. 그래서 다시 공인중개사 시험을 위한 공부를 매산동에 있는 학원에 다니면서 공부하였다. 시험에 합격하여 공인중개사 자격증을 갖고 동네에서 주민들의 도움을 받으며 삼여 년을 근무하였다. 공인중개사는 구매자의 입에 맞는 매도 물건을 찾아서 이를 상호 합의 할 수 있도록 중간에서 조력하고 보수를 받는 일인 만큼 상대방의 심리적 변화까지 파악하고 이를 이용하여야만 하는 약간의 사기성이 있어야만 가능한 심리적 작업임을 알게 된 후부터 강직하고 원칙주의적인 사고로는 어렵게 생각되어 주로 집사람의 도움이나 동네 어른들의 중개로 사무소를 운영하였다.

자신의 노력으로 일정액의 보수를 타고 근무하는 주택관리사 자격시험을 보기 위하여 노량진 학원을 3개월간 다닌 후 시험에 응시하여 합격하였다. 아파트 관리소장으로 5년간을 근무하고 사직 후 시골로 내려와 전원생활을 하게 되었다. 그러는 가운데 사회복지사 자격을 학점 은행에 다니면서 2급 자격증을 받았고 서울 디지털 대학을 다녀 상담심리사 2급 자격증을 그리고 조경기능사 공부를 학원에서 하여 자격증을 땄다. 가장 어려운 한문 2급 시험에 도전하여 합격함으로써 각종 자격증을 가진 생활학 박사라고 자칭하면서 지냈다.

아주대 평생교육원에서 풍수 지리학, 문예 창작반에 다니면서 문학에 취미를 붙여『인생 계단 오르기』책도 출간하고 수필로 각종 문학지에 글을 쓰면서 보낸다. 한문 지도사의 강의를 들었고 시골에 오기 전 국제 사이버대 웰빙귀농학과를 다녀 농학사 학위를 받았으며 "칠순이 넘은 하봉수 학생의 졸업을 축하한다."는 총장의 덕담과 표창장을 받기도 하였다. 대학원 졸업 시 받은 총장표창과 국제사이버대 총장의 표창장으로 나의 공부 이력을 빛나게 하고 있다. 올해부터 서울사이버대 건강통합관리과정 학부에 다니면서 학교공부를 이어가고 있다.

그동안 살아오면서 공부와 일을 하는 가운데 지내온 세월이 오늘에 와서는 마지막 문학인과 농업인으로서 살게 되었다고 생각한다. 어린 시절 하지 못한 공부에 취미를 붙여 평생 하면서 지내고 있다. 독서와 글쓰기는 만능 공부법이다. 여름의 농사와 겨울의 독서는 그리고 문학 활동으로 수필 쓰기는 나의 나머지 인생을 건강하게 살찌울 것이다.

나의 아버지 이야기

'불후의 명곡 인순이 편'에서 가수 허각이 아버지라는 제목의 노래를 부르고 있다. 노래가 끝나고 사회자와의 대담 시간에 결국 우는 모습을 보았다. 노래 시작 전에도 자신이 부를 노래를 소개하면서 홀로 쌍둥이 형제를 키우느라 고생을 많이 하셨다고 하면서 눈시울을 붉히기도 하였다. 함께 보고 있던 아내가 허각의 어머님이 운영하고 있는 안흥면의 식당에서 본 주인아저씨와 얼굴이 다르다고 생각하면서 그때를 회상하게 하였다.

강원도 횡성군의 작은 면 소재지인 안흥은 찐빵으로 더 잘 알려진 곳이다. 그래서 그런지 특별한 맛집은 없다. 다만 허각의 어머니가 운영하고 있는 동태찌개 위주의 각종 일반식사를 하는 식당이 오랫동안 자리를 하고 있다. 아내와 함께 식사하러 간 자리에서 식당 벽에 걸린 가수 허각의 사진을 보았다. 물어보니 그곳이 허각의 어머니가 운영하는 식당이라는 사실과 부모님에게 땅도 사주고 집도 새로 지어주었다는 아들 자랑을 하던 여자분의 모습이 생각났다. 어제 소개에서 아버지 혼자 키웠다고 하는데, 그럼 자랑하신 분은 나중에 재혼한 분인가 하는 생각을 하게 하였다. 한참 후에 안일이지만 그분은 친모였다.

영상을 보면서 나 역시 다시 한번 아버지 생각이 났다. 아버지는 둘이 아닌 팔 남매를 키우시고 열한 명의 가족을 돌보면서 사셨다. 더구나 작은아버지가 허리 병으로 일찍 돌아가시는 바람에 작은 집식구 다섯 명을 함께 돌보시면서 살아오신 분이다. 오래 사시라고 목숨 수(壽) 자와 목숨 명(命) 자로 이름을 지어서 천수를 다하실 줄 알았다. 고된 노동과 제대로 먹지 못하고 끼니를 술로 때우시면서 사시다가 결국은 오십 구세의 나이로 생을 마감하였으니 얼마나 안타까운 일인가 하는 생각뿐이다.

지금도 생각나는 잊지 못할 아버지와의 추억은 나의 소위 임관식이다. 흰 눈이 무겁게 내린 광주 상무대의 연병장에서 아침 일찍부터 연신 눈을 치우고 있다. 오늘은 단기 사관 10기와 갑종 215기의 임관식이 있는 날이기 때문이다. 다행히 눈이 그 쳐서 그나마 행사를 할 수 있게 된 것이다.

젊은 청춘들이 새파란 소위로 임관하는 날, 피 끓는 사나이들이 연병장에 모이고 행사 연습을 삼회 정도 한 후에야 본 행사가 진행되었다. 단기 10기 중 군번은 네 번째로 받고 학교장 상장을 단상 위로 올라가서 받은 후 생각지도 않았는데 소위 계급장을 달아 주러 오는 아버지의 모습을 보았다. 흰 두루마기에 중절모를 쓰시고 동생들이 만들어준 종이 꽃다발을 들고 오신 것이다. 소위 임관식이 끝난 후 서로 만나지 못하고 헤어져서 찾아 헤매던 중 광주 황금동 골목길에서 우연히 다시 만나서 함께 식사를 하면서 집안 사정 이야기와 앞으로 장교로서 생활하게 된 포부도 말하였다.

아버지는 염색공장을 퇴직하신 후 집에서 염색 일을 하시다가 작은아버지가 염료를 잘못 구입하여 이 때문에 폐업하게 되었다. 그후 힘든 노동일을 하시면서 팔 남매를 기르기 위해 모진 고생을 하신 아버지의 모습을 자세히 볼 수 있었다. 세월의 무게와 힘든 노동에서 오는 고단함을 그리고 자식이 장교로 임관하는 즐거움이 교차하는 모습에서 "그래 수고했다. 그래도 장남이" 하시면서 아들의 자랑스러운 모습을 보시면서 그간의 고생스러운 자기의 삶을 잠시나마 잊을 수 있지는 않았는지 하는 생각을 해본다.

옛날에는 '술도 곧 밥이다.'라는 말이 있었다. 그만큼 남자들의 힘든 노동의 피로를 풀어주고 배고픔을 잊게 해주는 술이 최고라는 것이었다. 아버지도 술만 조금 적게 드시고 사셨으면 이렇게 일찍 돌아 가지는 안 했을 것이다. 노동판에서 힘든 고통을 잊기 위해 배가 부른 막걸리보다는 당시 새로 나온 값이 싸고 빨리 취하는 도수 높은 소주 위주로 술을 드시고 술의 힘으로 일을 하셨으니 몸은 망가질 대로 망가졌을 것이다. 아버지의 위급함을 알고 고향으로 내려가 약을 짓기 위해 약국을 들렀다. 약국 약사가 나를 보고 한 말은 "그분 아직 안 돌아가셨느냐?"라는 물음이었다. 간이 완전히 녹았다고 한다. 살아계신다고 말하면서 약을 잘 지어 달라고 했다. 방에 누워 계신 아버지는 거의 초주검 상태였다. 군 생활을 마감하려고 전역지원서를 내고 고향으로 내려 온 나의 마음도 뒤숭숭한 상태에서 아버지의 돌아가심을 바라만 보고 있었다. 요즈음 같으면 치료가 가능한 질병이 아닌가 생각이 든다.

임관식이 있은 지 십 년이 지난 겨울밤에 결국 아버지는 12월의 크리스마스를 앞두고 돌아가시고 말았다. 흰 눈이 내리는 크리스마스 날 상여를 메고 가면서 좋은 곳으로 가서서 걱정 없이 잘 사는 곳으로 다시 태어나길 기원드렸다. 보릿고개 시절을 살아오신 아버지 세대는 너무나 어려운 세월을 보냈다. 일제 강점기와 6·25를 거쳐 먹고살기조차 힘든 세월을 사셔야 했다. 지금처럼 좋은 세상 살아 계신다면 소주 대신 좋은 약주와 맛있는 음식으로 대접하고 전국 유람이라도 한번 하시고 조금이나마 효도할 수 있는 기회가 있었을 텐데 하는 생각이다. 아버지의 고생을 보답해드리고 싶은 마음이 간절하다. 이번에 산소에 가면 아버지에게 고해야지, 하는 마음이다.

허각의 아버지는 그래도 노래하는 아들을 보면서 자신의 노력에 대한 보답을 받는 것으로 생각하겠지? 아버지는 나의 임관식에서 보람을 느꼈을 것이라는 생각을 한번 해본다. 그리고 중위 때 부모님과 함께 공주여행을 한 기억도 조금의 위로가 되었을 것이다. 85

년생인 허각의 아버지는 나와 비슷한 세대이다. 하지만 46년생의 아버지는 또 다른 궁핍과 핍박의 시대를 그리고 힘든 억압을 견디면서 가족을 위해 헌신한 아버지라는 점에서 비교할 수가 없다. 다만 공통점은 자식을 위해 열심히 살아온 세월과 자식을 사랑하는 마음일 것이다. 다시 한번 아버지의 묵묵한 자식 사랑을 생각하게 한다. 아버지의 모습이 그리워서 아버지와 함께 찍은 임관식 사진을 가족 밴드에 올리면서 전 가족에게 아버지의 고마움을 전한다.

부산 여행기

 모처럼의 골프 약속이 아들의 회사 사정으로 무산되었다. 그동안 부산 여행을 그리고 SRT 열차를 타고 가는 것도 한번 해볼 겸 해서 부산에 가게 되었다. 처음에는 수원에서 KTX 열차를 타고 가려고 생각하였으나 SRT 열차는 수서역에서 타고 가는 것이 훨씬 편리하다는 것을 동생을 통해 알게 되었다.

 국가유공자는 일 년에 6회의 무료 탑승이 가능하다는 것을 알고 있었다. 스마트폰에 별도의 앱을 깔고 열차표를 예약하는 일은 쉽지 않았다. 계속해서 국가유공자증이 틀려서 안 되었다. 상담실로 전화하여 상담사와 통화한 결과 현재 사용하고 있는 5급 상이는 안 되고 7급 공무원 공상이 되는 것을 알게 되었다. 그래서 7급 공상으로 무료 표를 살 수 있었다. 집사람은 65세 이상으로 평일 할인 혜택을 받아서 표를 구매하였다. 표를 구매하는 행위를 너무 한 탓인지 얼굴이 붉게 변할 정도로 힘들었다. 표를 구매한 후 카톡으로 부산 동생에게 출발과 도착 시각을 알려주었다.

 경기 광주에서 전철 타고 수서역은 얼마 걸리지 않았다. 수서역에서 내려 처음으로 SRT 열차역으로 지하도를 천천히 걸어서 역까지 갔다. 집에서 서둘러 나오는 바람에 시간적 여유가 있었다. 열차 구내에서 조금 앉아서 기다리다가 출발 시각이 점심시간이라 약간의 요기를 할 생각으로 걸어서 다시 지하도를 나와 꼬마 김밥 집에 들러서 어묵과 함께 꼬마 김밥을 먹었다.

대합실에 대기 중 옆에 분이 나에게 하소연을 한다. 너무 오래 기다리니 지루하다고 하면서 자기는 대구에서 새벽 열차를 타고 서울에 와서 병원 진료를 받고 다시 대구로 내려가는 길이라 한다. 어디가 아프냐는 나의 질문에 눈이 안 좋다고 한다. 나 역시 암에 걸려서 치료 중이라는 이야기와 운동과 음식을 조심해서 먹으라는 이야기를 서로 주고받았다.

열차 승차는 출발 15분 전부터 가능하다는 안내에 따라 열차를 타고 부산을 향했다. 부산 동생의 작은딸 결혼식에 참석한 후 처음이다. 역전 주변의 고층 건물이 정신을 못 차리게 한다. 올려다볼 수도 없을 정도의 높은 건물들이 즐비하다. 더구나 동생이 사는 곳은 옛날 수영 비행장과 해운대 지역이라 그런지 우리가 흔히 부산 하면 텔레비전에 자주 나오는 부산의 랜드마크 지역이라 더욱 고층 빌딩으로 채워져 있는 것 같았다.

반갑게 맞이해주는 동생과 함께 호텔에 짐을 풀고 진주 막내가 올 때까지 백화점 내 고급 찻집에서 차를 마시면서 기다리기로 하였다.

먹는 것보다 마시고, 마시는 것보다 들이붓는다는 표현이 맞을 정도의 음주를 하는 막냇동생과 부산 동생이 모처럼 함께 제자가 운영한다는 부산의 유명한 산꼼장어 집에서 저녁 식사를 하였다. 막내는 진주에서 버스로 한 시간 반 정도 걸려서 모처럼의 형제 상봉을 위해 왔다. 술을 전혀 못 하는 나로서는 어쩌면 고역 일지라도 동생들과 함께하는 옛날 장교 출신들의 족구 한 팀인 3명이 모여서 즐겁게 이야기 나누면서 한잔을 하고 있다. 다행히 집사람이 함께 있어 고춧가루 역할을 하고 있어 힘들지 않다. 형제간 중에서 의사인 막내는 군의관 출신이고 부산 동생과 아들은 학훈 장교 출신이다. 나는 간부후보생 출신으로 장교 출신이 4명이다. 모처럼 골프모임이 성사되었으나 아들의 회사 사정으로 불가능하게 된 것을 서로 위로하고 모처럼의 열차 여행과 부산 동생의 사는 모습도 볼 겸 해서 오게 된 것이다.

저녁 식사 후 복잡한 아파트 숲을 지나 수영 천변 걷기 코스를 걸었다. 눈으로 보기 어려운 야경이 펼쳐진 천변을 걸으면서 홍콩에 온 기분이 들었다. 야경을 보면서 고층 건물들을 배경으로 사진도 찍고 영화의 전당의 야경도 볼 수 있었다.

어디가 어딘지 도무지 알 수 없는 밤길을 걸어 호텔에 도착하였다. 숙소에 모여 이야기를 하다가 부산 동생은 내일 만나기로 하고 집으로 가고 막내도 숙소로 간 줄 알았다. 나중에 알고 보니 부산 동생 집으로 가서 술을 더 먹고 새벽에 진주로 갔다고 한다.

다음 날 아침 일찍 일어나 호텔 주변을 걸었다. 목이 아픈 고층 빌딩은 그만 쳐다보고 길을 보면서 걷다 보니 올림픽 공원이라는 표지석이 있는 소공원을 걷게 되었다. 이른 아침이다 보니 산책하는 사람은 거의 없고 두 사람만 부산의 해운대 특구를 걸었다. 아침은 동생 가족과 함께 아침 식사를 복엇국으로 하고 손주 육아에 고생이 많은 제수씨를 위로하고 동생과 함께 부산을 구경하는 길에 다 썼다.

해운대에서 출발하여 울산 방향으로 가는 달맞이 길을 해안을 따라 차로 가면서 중간중간 내려서 구경을 하고 동생이 가이드 역할을 하면서 기장까지 다녀왔다. 이날따라 바다가 파도 하나 없이 조용하고 잔잔하여 그간 동해안에서 보았던 파도의 흰 거품은 볼 수가 없는 잔잔한 호수를 연상케 하였다.

점심은 조개구이를 먹기로 하고 유명한 조기구이 집을 찾아 안내해 주었다. 중식 후 열차를 타기 위해 다시 동생 집 근처 백화점으로 돌아와서 차를 한잔하면서 시간을 보냈다. 여유 있는 시간이라는 생각으로 부산역으로 출발하였다. 일부러 광안대교를 건너서 내비게이션이 안내하는 새로운 길로 가다 보니 길이 아닌 항만 쪽으로 안내하여 몇 번의 순환을 거듭한 결과 아슬아슬 열차 출발 10분 전에 도착하여 승차할 수 있었다. 가슴 졸이면서 차를 타고 와서인지 숨이 막히는 것 같았다.

부산 여행은 동생 덕분에 잘할 수 있었다. 60년대 부산에서 훈련 받고 근무하던 곳은 없어지고 그곳은 아파트로 변한 모습만 보았다. 고층 빌딩 속에서는 도무지 살아가지 못하겠다는 생각이 들었다. 강산이 변한 것을 느끼면서 나 역시 인생 계단을 오르고 올라가고 있다. 내년 봄에 다시 한 번 골프모임을 추진하기로 하고 즐거운 부산 여행은 추억 속으로 사라졌다.

추억의 전선

걷기를 좋아하여 여러 사람과 어울리다 보니 '펀치 볼 둘레길' 걷기를 카페 회원들과 함께하게 되었다. 펀치 볼의 둘레길을 안내자의 안내를 받으며 코스를 따라 걸어갔다. 최전방 철책선의 전망대에 올라 군사분계선을 바라볼 기회가 주어졌다. 전방을 바라보면서 신임 소위로 50여 년 전 최전방에서 근무하던 시절의 기억이 돋보기 속에만 있던, 낡은 자동차가 먼지를 일으키며 따리 언덕을 막 지나오듯, 시간의 저편에 묻어두었던 희뿌연 추억 하나가 시나브로 다가온다.

김 신조 일당의 청와대 기습사건으로 인하여 군대 내에서도 많은 변화를 가져왔다. 최전방 북괴군과 대치 중인 우리 부대는 도로 옆 500m까지 소총 유효 사거리 이내에 있는 나무를 모두 베어 버리는 사계(射界) 청소를 하는 한편 병사 중 문제가 있는 오줌싸개, 무학자(無學者)들을 심사하여 전역시키는 병영 정화 운동도 병행하였다.

"군대 언제 왔느냐?"고 물으면 "보리 베다가 왔다."라고 답변하는 병사도, 휴가를 가야 하는데 집을 찾아갈 수 없었다. 주소를 몰라 찾던 중 팬티를 한번 벗겨 보라는 옆 병사의 말에 따라 팬티를 벗기니, 사타구니에 작은 주머니를 만들어 그 속에 주소를 쓴 지린 내를 풍기는, 땟국물이 배인 종이에 연필로 쓰인 주소를 보고 인사계가 데리고 휴가를 다녀온 병사, 아침 기상 시간에 일어나지 않고 있다가 주번 사관이 발로 걷어차고 일으켜 세우면 겸연쩍어하던 모습에서 알 수 있듯이 매트리스에 오줌을 싼 병사, 밤중에 갑자기 입에 거품을 내면서 몸을 비틀고 내무반 통로에 쓰러지던 간질환자인 병사, 모두가 전역하는 바람에 소대원도 줄었다.

최전방 벙커 공사가 시작되었다. 우리는 중대 벙커 한곳을 공사하도록 임무를 부여받았다. 작업 당시의 소대원은 다 헤진 작업복에 기워 신은 통일화를 신고 작업 도구를 메고 반합을 옆구리에 차고 다녔다.

소대장은 파란 해군 작업복 상의를 걸치고 초록색 견장을 달고 숙영지에서 10㎞를 걸어서 공사장에 도착하였다. 그날의 작업 할당량이 정해진다. 소대, 분대, 단위 벙커 공사를 하면서 작업 할당을 받아 '샛별 보기 운동', '백 삽 뜨고 허리 펴기 운동' 등, 북한에서 사용하는 용어를 작업할 때 적용해서 요즈음 흔한 포크레인을 대신하여 삽과 곡괭이로 벙커의 모형을 흙을 파서 만들고 시멘트 콘크리트를 형틀에 비벼 부어서 벙커를 만들었다.

소대는 연대의 각종 사고자를 모두 모아서 만들어진 소대이긴 하지만 소대원들의 힘은 장사급이었다. 대대장과 연대장이 심심하면 소대 작업장에 오신다. 일을 잘하니깐 보기 위해서다.

어느 정도 공사가 끝나고 신원 조회를 거친 후 아무런 이상이 없는 23명을 데리고 중동부 전선의 최전방인 GP(일반 경계초소)에 경계근무를 하게 되었다. 관측소 운영으로 주간 근무를 하고 야간에는 전원 2교대로 초소 근무를 하였고 대적 심리 요원이 대북방송을 하였다.

대북방송 요원으로 상주하는 남군 두 명 외에 여군 두 명이 매주 수요일에 올라와서 방송하고 내려가는 일이 반복되었다. 어느 날인가, 적 상황이 좋지 않고 안개가 갑자기 끼게 되면 복귀를 못 하고 초소에서 잠을 자게 되는데 방송 요원과 나는 여군들 지키느라 한잠도 못 잤다.

북괴군과 접적 상황이 자주 발생하여 초소 정문에 수류탄 부비트랩을 설치해놓고 개인 근무호 앞, 보급로 교차 삼거리 지역에는 크레모아를 설치하고, 적이 접근 가능한 지역 통로에는 조명지뢰와 진동감지기를 설치하여 적의 흔적을 사전 탐지하려고 노력하였다. 간혹 노루에 의한 자동 크레모아가 폭발하여 놀라게 하는 일도 있었다. 죽은 노루는 중대로 보내고 재수 없다는 말이 전해오면서 아예 먹지를 않았다.

경계초소에서 사용하는 물은 고지 아래에 있는 우물에서 물통으로 물을 퍼서 도르래를 이용하여 끌어올려서 사용했다. 식량 보급은 중대로부터 일주일 분씩 받아서 취사해서 먹었다.

근무 중 잊지 못할 가슴 아픈 일이 있었다. 그날도 다음날이 광복절이라는 생각과 함께 처음으로 보급된 M14 플라스틱 발목 지뢰를 초소 정문에 설치하기 위하여 지상에 있는 식당에서 조립하고 있었다. 아군 초소 정문에서 폭발음이 났다. 깜짝 놀라 나가 보니 송 일병이 머리가 수류탄을 묶었던 말뚝으로 향하여 쓰러져 있었다. 주변에는 피가 흥건히 고여 있었다. 내려가서 끌어안고 흔들어 보았으나 아무런 반응이 없었다. 두 팔과 두 눈이 완전히 공중분해된 상태로 숨을 거두었다. 윤 하사는 아무런 이상이 없이 정신만 멍하게 서 있었다. 분대장과 함께 정문 수류탄 부비트랩을 설치하다가 안전사고가 발생한 것이다.

사고의 원인을 추측해보면 수류탄 부비트랩을 설치하는 과정에서 분대장인 윤 하사와 서로 사인이 안 맞아서인지 아니면 설치한 후 돌아 나오다가 안전핀이 빠진 걸 보고 수류탄 손잡이를 잡으려고 한 것으로 생각되었다. 송 일병이 모든 파편을 안고 가는 바람에 바로 뒤에 서 있던 분대장은 아무런 이상이 없게 된 것이다.

중대, 대대 상황실에 보고하여 조치하도록 하였다. 시신을 끌어안고 많이 울었다. 난생처음으로 시신을 직접 만져 보고 죽음을 느꼈으니 말할 수 없는 슬픔과 이러한 일이 벌어지게 된 북괴에 대한 비분강개를 느꼈다. 북쪽으로 침투하여 적을 죽이고 싶은 강한 적

개심이 솟아났다. 오늘 저녁에 적의 진지로 가자는 말도 하였다. 당시만 해도 북쪽으로 아군 특수요원을 침투시켜 적 상황을 탐지하거나 적의 숙소를 기습 공격하여 사살하는 일이 서로 간 자주 발생하곤 했다.

주변 목책 울타리에 흩어져 걸려있는 살점을 위생병에게 모두 거두어 묻어 주라고 지시하고 발목지뢰를 설치한 다음 상황을 정리하였다. 다음 날 아침부터 까마귀들이 목책에 앉아서 살점을 먹는 모습이 정말 안타까웠다. 총으로 쏘아 쫓아내긴 했으나 무슨 소용이 있겠는가?

송 일병은 전사하였다. 죽음으로 조국의 산하를 지킴으로서 국립현충원에 안장되어 오십 년이란 세월이 흐르고, 전우들의 가슴에 영원히 살아 있다. 당시의 전우들은 늙은이가 되어 조국 전선의 최일선에서 생활해온 자신들의 모습을 추억하며, 매년 현충일에는 당시를 회상하며 묘비 앞에서 자리이타(自利利他)의 정신을 실천하고 나라 사랑의 마음으로 다시 한 번 국가 안보의 초석이 될 것을 다짐한다.

남북의 평화를 향한 화해 무드로 인하여 젊고 혈기 왕성한 23명의 국군 용사들이 조국을 위해 죽음으로 지켰던, 대한민국의 영토인 강원도 최전방 경계초소는 어느 날 역사 속으로 사라지고 추억의 장소로 남게 되었다. 드디어 그곳에 평화의 씨앗을 심게 된 것이다.

관망대에서 전방을 바라보면서 어려운 국가의 경제 사정으로 인하여 헐벗고 배고픔 속에서 힘든 벙커공사를 하면서 지난 세월이며, 적과의 대치 국면에서 항시 경계의 눈초리로 적을 감시하던 힘든 밤샘 고생도 이제는 추억의 한 장으로 그려본다. 마음의 울적함을 느낀다. 두 번 다시 서로 총부리를 겨누는 일이 없도록 다 함께 손잡고 나가길 염원한다.

산다는 것

병원엘 2박 3일간 다녀왔다. 하루는 피검사를 위한 채혈을 하고 다음 날은 의사와의 상담이 진행되었다. 채혈은 쉽게 밀린 사람 없이 할 수 있어 빨리 끝났다. 요즈음 코로나 시대에 병원 출입은 사전에 병원으로부터 QR 코드를 받아서 출입 시 제시하고 들어간다. 대학병원에는 항상 만원이다. 무슨 사람이 이리도 많은지? 가만히 생각해보면 수명이 길어지는 것이 병원을 찾는 인구가 늘어나는 원인이 아닌가 하는 생각을 해본다. 암센터 입구에 앉아 기다리는 동안 오고 가는 사람들의 모습을 보니 형형색색이다. 특이한 사람은 코로나 감염 예방 차원에서 인지 일회용 비닐장갑을 착용하고 다니는 것도 모자라 이 더운 날 가죽장갑을 끼고 가슴을 펴고 당당한 모습으로 병원복도를 활보하시는 분도 있다. 대부분 고령층으로 어깨가 아니면 허리가 조금 구부러지거나 다리를 저는 분이 다수다. 여자 한 분은 어지럽다고 병원 의자에 누워 있는 분도 있다. 상처 부위에 따라 걸음걸이도 제각각이고 보니 그분들의 인생을 살아온 과정이 눈에 아른거린다. 전철역 앞에서 팔십 대 부부가 큰 소리로 싸움을 한다. 여자의 목소리가 더 크게 울린다.

세 시간을 기다려서 진료 호출을 받고 담당 의사를 보니 반가운 마음이 먼저 든다.

"환자가 많아서 힘들겠습니다."라는 인사를 하니 두 분이 웃음으로 대답한다. 전번 검사에서 수치가 올라서 이번에는 한 달 만에 불응인지를 확인하기 위하여 검사하고 오늘 의사의 진료를 받으러 왔다. 다행히 수치가 떨어진 상태라서 안도의 마음으로 서로 마주 보게 되니 분위기가 좋아진 것 같다. 나오면서 이곳에 오는 것이 시험 보고 결과를 확인하러 오는 기분이라는 나의 말에 의사는 모든 분이 아마 그런 마음으로 진료실을 들어오지 않겠냐는 말을 하였다.

집에 도착하여 키우던 야콘 모종을 살펴보니 모두가 햇빛에 익어서 죽어 버렸다. 아무리 물을 다시 주어고 소용이 없었다. 세 개가 조금 새싹 잎에 푸른가 있긴 한데 살아 날것으로 생각이 안 되어 할 수 없이 비싼 모종을 구매하려고 여러 모종 상회에 전화를 해보았다. 이천 원에서 천 원으로 이야기하였다. 가장 싼 가격이 칠백 원으로 알게 되어 할 수 없이 모종을 구매하려고 횡성읍으로 갔다.

모종을 구매하고 점심 식사하려고 생선찜을 하는 식당으로 갔다. 식당에 앉아 음식을 기다리다 주변을 둘러보니 벽에 달력이 아직도 사월이었다. 주인장에게 얼마나 바쁘면 아직도 사월이냐고 하였다. 너무 바빠서 달력을 십삼 일이나 떼어 내지 못하고 지냈다면서 자신의 현재 처한 처지를 설명하였다. 부인이 주방에서 일하고 자신은 홀에서 서빙 하면서 그런대로 가게를 유지해 나가고 있다는 설명과 꽃을 키우는 하우스 일개 동과 일반 채소류를 키우는 동으로 식당의 밑반찬을 자가 급식할 수 있도록 하고 있다는 자랑 겸 홍보를 하였다. 자신이 능력 있는 사람임을 나타내고자 하였다. 아무리 돈이 많고 땅이 많아도 자신이 현재 하는 생활은 음식점 홀에서의 서빙 일이다.

모처럼 부산에서 형님한테서 전화가 왔다. 사업차 부산에 내려와서 시범 주택도 들리고 재건축 추진위원장도 만나고 회도 먹고 즐겁게 지내고 있다는 이야기다. 다만 나와 대성 형을 언제 한번 만나야 한다고 하면서 약속 날짜가 되면 연락하라고 하였다. 오리역 근처에 있는 사무실의 건물 내 식당에서 중식을 함께 하면서 이런저런 이야기로 시간을 보내자는 것이다.

전번 모임에서도 자신의 사업 설명회를 즐거운 대화와 겸하여 하였다. 이제 나이 칠순이 넘었으니 주로 건강 이야기와 시국의 답답함을 논쟁의 대상으로 이어 나간다.

식당에서 홀 서빙을 하는 분과 형님과 비교해 보았을 때 두 분모두 재력을 가지고 있다손 치더라도 현재 오늘 자신이 어떻게 살고 있는가를 생각해보면 홀 서빙하는 분과 사업한답시고 돈 쓰고 다니면서 지내는 분과는 삶의 질이 다르다는 생각이다. 여생을 어떻게 사느냐 하는 문제와 귀결된다. 어느 분이 잘살고 있는지에 대하여는 본인들의 판단이 중요하다. 나이에 맞는 웰 에이징과 건강을 위한 웰빙으로 살아가야 한다.

보람찬 일을 하고 나머지 인생을 살자고 인터넷의 각종 카페에 가입하면서 닉네임을 '보람찬 하루'로 정하고 하루하루를 보람있게 보내려고 노력한다. 오늘도 새벽 4시에 일어나 5시에 농장으로 가서 고구마순을 심고 돌아와서 모자라는 야콘 모종을 사러 횡성읍까지 다녀오고 국제 사이버대 웰빙귀농학과 박 교수님과 통화하면서 신·편입생의 농장 방문을 환영한다는 취지로 이야기도 주고받았다. 선배 농장 탐방기를 쓰기 위한 농장으로 백천 농원을 추천하였다는 이야기도 들었다.

열심히 성실하게 사는 게 보람찬 하루를 보내는 길이요 첨병이다. 이번 토요일에는 처음으로 백천 농원을 탐방하는 학생이 온다. 10여 년을 가꾸어 온 농장을 학생들에게 공개하여 조금이나마 학업에 도움이 되고 나아가서 귀촌·귀농의 첫발을 내디딜 기회가 되기를 바란다. 지금의 생활이 삶의 질에서 뒤떨어지지는 않는지 다시 한 번 생각하면서 후회 없는 삶을 살고 싶다.

적덕종선^{積德種善}

오늘도 어김없이 6시 30분경 집을 나와 지팡이 겸 운동기구인 골프채를 들고 원으로 흔들기도 하고 골프 폼도 잡아 보고 간단한 운동을 하면서 걸었다. 아침 운동으로 선계 마을 회관에 설치된 생활 운동기구를 활용하기 위해 집에서 출발하여 마을 회관까지 왕복으로 걷기를 하면서 중간에 팔굽혀펴기를 20여 회를 5회에 걸쳐 한다. 예버덩 문학관 입구의 약수터 위에 새로 설치한 재해 경고판이 있다. 등산 시 주의사항이 화면에 크게 표시된 걸 보면서 선계 마을 회관에 도착하니 요란한 소리를 내면서 수돗물이 넘쳐 흐르고 있었다. 수도꼭지에서 물이 나오고 주변은 얼어붙은 상태다. 수도관이 동파되었는가 하는 의심을 품고 우선 수도꼭지를 잠가 보았다. 나오는 물이 줄어든다. 메인 꼭지를 잠그니 물이 나오지 않는다. 그동안 모인 물을 하수구 뚜껑을 열어 빼내고 물동이를 수도관을 둘러씌워서 보온이 되게 하였다. 어제 누군가 동파 방지를 위해 수돗물을 열어 둔 것 같다.

집으로 돌아오는 길목에서 시인인 지암선생을 만났다. 일전에

인도어 골프연습장으로 함께 가서 연습한 적이 있었다. 그 후 김 시인의 사정으로 두 번 하지 못한 점에 대한 상황 설명을 하면서 금요일에 함께 다시 가기로 하였다. 전번 연습 시 본 팔꿈치 아픈 곳은 어떤지 물었더니 아직도 통증이 있는 상태라고 한다. 집으로 모시고 와서 그간 발바닥 통증을 가라앉게 하는 패치를 통증 부위에 부쳐주고 여유분으로 두 장을 더 주었다. 그리고 금요일 날 골프 연습 후 점심 식사를 하기로 약속을 하였다.

김 국장 부인에게 전화하여 오늘 시간이 있는지를 문의하라고 집 사람에게 이야기하였다. 확인 결과 좋다는 연락을 받고 그럼 12시 30분에 노들교 앞에서 만나 함께 가기로 하였다. 일전에 김 국장이 초청하여 중국집에서 한번 식사를 대접받은 일을 생각하여 갚는 일도 있고, 최근 농협 카드를 통해서 일십만 원이 상생지원금으로 들어왔기 때문에 이를 사용하여 베푸는 일을 하기 위함이다.

술 먹는 두 사람을 위해서 술 안 먹는 내 차로 이동하면서 오늘은 좋은 일을 세 가지 했다고 말했다. 첫 번째로 선계 마을 수도를 잠그고 보온 한 일, 두 번째 시인 지암에게 통증 치료용 패치를 준 일, 그리고 이렇게 이웃분들을 모시고 상생 지원금으로 식사 대접하러 가는 것이 세 번째 일이니, 적덕종선(積德種善)을 실천하는 하루가 되고 있다는 생각이라고 말했다. 모두들 고개를 끄덕이면서 박수를 쳤다.

안흥에 '가마솥 영양탕'이라는 식당을 가면 적덕연조(積德延祚)라고 쓰인 표구를 걸어 둔 걸 본다. 처음에는 한문으로 적덕은 알겠는데 연조는 잘 알 수가 없었다. 물어보자니 자신의 모자람이 탄로 날것을 염려하여 물어보지 못하다가 이번 교사 임용 순위 고시에 합격하고 식당 일을 돕고 있는 아들에게 물어보니 모른다고 대답하였다. 자신의 가게에 붙은 사자성어(四子成語)도 모르는 사람이 교사 임용 순위 고사에 합격하다니 하는 마음을 갖게 하였다. 부엌에서 일하고 있는 집주인 사장님에게 물으니 적덕연조라 한다. 덕을 쌓으면 복을 받는다는 내용임을 알게 되었다. 결국, 적덕종선의 결과를 가르쳐 주는 문구임을 이해할 수 있었다. 식당은 사업훈으로 부쳐진 문구를 생각하면서 영업을 해서인지 두 아드님이 모두 공무원 시험과 교사 시험에 합격하여 집안에 경사가 났다는 이야기를 들었다.

덕을 쌓는 것은 남을 이해하고, 어려운 일을 돕는 일, 베려 하는 일과 베푸는 일일 것이다. 단순하게 생각해서 착한 일 좋은 일 보람 있는 일들이 나의 인격적인 아름다움에서 나올 수 있는 일들이라 생각한다. 자리이타(自利利他)가 실천되는 일이다. 이제 칠십 계단의 중간을 지나 80계단을 코앞에 두고 있어 덕을 쌓는 일을 찾아서 함으로서 마음을 편하게 하고 이 때문에 자신의 건강을 지키는 일이 되고 있음을 알고 있다. 시골 생활하면서 할 수 있는 일들은 술 먹는 사람을 대신해서 차 운전해 주기는 자주 하는 일이다. 이웃집 배 소장은 물론이고 젊은 사람들과의 식사 시에는 운전기사 노릇을 자청한다. 농작물 나누어 주기도 매년 하지만 특히 올해는 모과가 많이 열려 주변 분들에게 5개 정도 나누어 주어 모과차와 향기로운 냄새를 맡도록 도움을 주었다. 강릉 군인 콘도 예약을 하여 함께 1박 2일을 보내면서 면세점을 사용하게 해주는 일도 연 3회 정도 하고 있는 이웃 사랑하기다. 도로에 떨어진 낙하물을 치우는 일은 걷기 운동할 시에 종종 하는 일이고, 이웃집 애로사항을 면장에게 상의해 주는 일도 종선의 하나로 생각하고 있다. 살아가면서 남에게 베풀 수 있는 도움을 줄 수 있는 일은 그때그때 상황을 봐가면서 열심히 한다고 한다.

사돈이 무서운 요즈음의 코로나를 이겨 내고 치료한 지 일주일 만에 든든한 목소리로 전화를 해왔다. 교회 장로님이니 하나님께 한 간절한 기도 때문이라고 생각할지 모르지만, 그간 살아오면서 쌓아온 덕으로 인하여 완치 판정을 받고 다시 세상으로 나온 것이 아닌지 하는 생각을 한다.

덕을 쌓아 가다 보면 사람의 모습도 바뀌어 가는 것을 볼 수 있다. 우선 마음이 편안하니 얼굴이 항상 웃는 모습이고 언행이 달라진다. 말은 남에게 부담 주지 않는 이야기를 하게 되어 부드러운 말을 한다. 행동도 서두는 일 없이 변화한다.

하루에 세 가지의 좋은 일을 했으니 가슴이 뿌듯함을 느낀다. 앞으로도 할 수 있는 일, 나에게 주어진 일들에서 선한 일이라고 생각되는 일들을 하면서 살다 보면 덕이 쌓이고 인생 계단 오르기도 훨씬 편안해질 것이다.

철공소 생활

『인생 계단 오르기』의 자전적 수필을 발간하고 나서 아쉬움 있었다. 나의 군입대 전 한국사회의 시대적 상황과 어려운 2여 년의 철공소 생활 이야기, 그리고 결혼 생활에 관한 이야기를 하지 못한 점이었다. 결혼 생활 이야기는 내년이면 오십 주년을 맞으니 금혼식이라는 제목으로 쓰면 되지만 철공소 생활로 살아온 힘든 세월이 자꾸만 기억 속에서 지워지지 않고 생각난다. 글을 써서 이를 한곳에 붙잡아 둘 수밖에 없다는 마음에서 글을 쓰게 되었다. 더구나 요즈음 대통령 후보인 이**의 소년 시절 철공소 이야기를 듣고 나 자신의 철공소 생활 이야기를 생각해본다.

한국동란 후 힘들게 살아오던 시절이다. 8남매의 장남으로 태어나 열한 명이 모여 사는 불우한 가정환경이었다. 아버지는 염색 공장에서 어머니와 연애하여 결혼도 하시고 근무하시다가 회사를 그만두고 동란으로 파괴된 집 뒤 편에 염색하는 곳을 만들어 염색 사업을 하셨다. 처음에는 그런대로 잘 되었고 염색한 '구리덴' 천을 옷 제조 공장에 납품도 하였으나 작은아버지가 구매해 준 불량 염색약으로 인하여 하시던 염색 사업이 망하게 되었다. 결국, 노동일과 남이 하지 않는 장례 일로 품팔이를 다니다 보니 열한 식구의 끼니 해결도 어려운 실정이었다. 누님은 견직 공장 여공으로 여동생은 미장원에서 일하면서 살았다. 초등학교 시절에는 우리 집 옆방에서 살던 만철이의 안내로 신문팔이와 아이스케키 장사도 해보았다. 누님의 월급과 교회 청소 수고비로 어렵게 중학교를 졸업하고 남들은 공부를 못해서 가기 어려운 인문 고등학교를 동네에서 유일하게 입학시험에 합격하였다. 하지만 입학금이 없어 결국 학교에 가지 못하게 되었다. 아버지의 자식에 대한 교육열은 찾아보기 힘들었다. 우선 먹고살기도 급급하였으니 생각할 겨를이 없었다. 많이 배우면 도둑놈이 된다는 할아버지의 생각을 그대로 이어받은 것 같았다. 입학하겠다는 말도 꺼내지 못할 형편이었다. 알아서 포기하고 집에서 쉬고 있었다.

초등학교 동창인 명철네 집에 놀러 다니다 보니 탁구장 뒤편에 조그마한 철공소가 있는 것을 알게 되고 평철네 친척 되는 분이 공장장으로 근무하고 있었다. 함께 일할 것을 권유받아 그곳에서 기술을 배우게 되었다. 아침 일찍 출근하여 청소하고 낮에는 시키는 일을 하였다. 당시는 공구나 장비의 이름이 거의 일본식 발음이었다. 선반을 '선방'이라 하는 등, '바이트'라고 하는 선반용 공구와 '다 가네'라는 요즈음의 끌의 담금질하는 법을 배웠다. 한 번은 전기 용접하는 것을 맨눈으로 보는 바람에 그날 집에 돌아와서 눈이 따가워 밤새도록 울었다. 아버지가 정종으로 눈을 씻어주었다. 다행히 아침에는 정상으로 돌아와서 다시 철공소로 출근했다.

　그곳에서 베어링 만드는 기계를 제작하는 모습과 엽총의 외부를 도색하는 작업들을 보았다. 평철이 아버지는 일본에서 나름대로 기계에 관한 기술을 배운 분이고 공부도 많이 한 분이라 나중에 돌아가신 후 장례식장엘 가보니 훈장도 받으시고 학교에서 강의도 하시면서 후학을 가르치기도 하셨다는 걸 들어 알 수 있었다.

　조금 더 큰 실질적으로 회사의 기능공으로 들어갈까 하는 생각보다는 돈 많이 주고 남들이 알아주는 직장을 갖고자 하는 생각으로 노력하게 되었다. 진주에는 우리나라의 농업기계 선구자 격인 '대동 공업사'가 있었다. 대동 공업사에 들어가기 위해 수소문을 하던 중 초등학교 동창인 박**의 삼촌을 알게 되었다. 삼촌을 찾아가서 부탁하여 그분의 안내로 입사하게 되었다. 당시에는 취업하고자 하는 소년들이 넘쳤다. 공장에서 하는 일은 호핑이라는 기계로 톱니바퀴를 만드는 일이다. 쇠의 단면을 호핑이 돌아가면서 깎아 내어 톱니바퀴를 만드는 것이다. 주로 탈곡기와 선풍기에 사용되는 평기어를 만들었다. 간혹 헬리컬기어와 베벨기어 등 각종 톱니바퀴를 만들었다. 기어를 계산해서 설치하고 작동시켜야 톱니바퀴의 숫자가 계산되는 조금은 머리를 써야 하는 일이었다. 그래도 톱니바퀴가 만들어지기까지 약간의 시간이 소요되었다. 그래서 일을 하면서도 시간 나는 대로 영어와 수학책을 봐가면서 공부를 하는 열정도 있었다. 수시로 확인 감독하는 반장 어른에게 잘못 보여 급료 인상 시 제일 적게 인상해준 결과를 초래하였다.

급료 인상도 적고 어느 정도 기술도 배웠으나 공고 출신 기능공이 입사하면서 독일제 기계를 운전하는 것을 보고 좀 더 깊이 배우려 했으나 가르쳐주지 않았다. 그래서 바람이 났는지 좀 더 큰 도시로 나가서 철공소를 다니자는 생각으로 마침 고모님이 살고 계신 부산 범내골 로터리에 있는 '파도 공업사'를 찾아가서 호핑 기계를 다루는 일을 하게 되었다. 가마니 도매상을 하는 고모님 댁에서 먹고 자면서 지냈다. 당시 주로 식사는 밀가루 수제비와 칼국수를 먹고 밤늦게까지 일했다. 어묵이나 붕어빵도 사서 먹은 기억이 난다. 동란 이후에 들어온 구호물자인 밀가루 전성시대인 것이다.

파도 공업사에서 야간작업 중 동료가 '피대'가 벗겨지는 바람에 이를 결합하려고 '사후드'가 있는 천장 위로 올라갔다가 내려오면서 '카프링'의 결합 나사에 바지가 걸려 옷이 찢어지면서 다리를 다친 일도 발생하였다. 요즈음 말하는 산재사고가 난 것이다. 흔한 일이라 특별한 조치는 없었다. 치료하고 다시 출근하는 것으로 마감되었다. 나 역시 대동에서 근무할 시 손가락으로 호핑을 만지다가 호핑이 돌아가는 바람에 손가락이 찢겨서 다친 손을 위로 들고 한 손으로 자전거를 타고 1㎞ 떨어져 있는 병원까지 가서 치료를 받았다. 다행히 뼈는 다치지 않아서 큰 문제는 없고 지금도 흉터가 그대로 남아 있다.

당시의 생활은 조정래의 대하소설 『한강』에 나오는 시대적 상황과 일치하였고 학교에 다니지 못하고 철공소 생활을 하는 그래도 공부의 끈을 놓지 않으려는 허진의 모습보다 더 어려운 하루하루를 보냈다. 그러나 운명이라 생각하고 그냥 멍하게 살아가고 있었다. 그러다 시내 구경 갔다가 부산 병무청의 기술 하사관 후보생 모집 벽보를 보고 군에 가서 기술도 배우고 배고픈 문제도 해결하겠다는 생각으로 어린 나이임에도 불구하고 군입대를 하게 되어 짧은 철공소 생활은 마감하게 되었다. 국가에 충성하는 군인의 길로 가게 된 것이다.

철공소의 생활이 잊히지 않고 계속 머리에 남아 있다. 힘들고 어려운 시절 방황하다가 집안에 도움이 되는 생업이라고 생각하는 일이었고 그 시대를 살아가는 데 있어 교훈적인 일이 되었다. 작은 아들의 제조업이 성공적이고 오늘이 있기에는 나의 철공소 생활의 바탕을 강조한 덕분이라는 생각을 하고 있다.

막걸리 한잔

주천강에서 잡은 민물고기
매운탕 끓여 막걸리 한잔

두루봉에서 캔 산 더덕, 잔대
고추장에 찍어서 막걸리 한잔

부추에 매운 고추 썰어 넣어 부친 빈대떡
간장 찍어 막걸리 한잔

곤드레밥 지어 양념간장에
비벼 먹으면서 막걸리 한잔

동네 어귀에 오랜만에 만난 친구와
추억을 안주 삼아 막걸리 한잔

이래저래 막걸리 한잔에 인생을 담는다.

3부
인간관계의 어려움

잔소리

나이 먹을수록 마누라 잔소리에 못 살겠다는 말을 주변에서 듣긴 했지만, 요즈음의 나의 생활에서 피부로 느낀다. 나이 먹고살다 보면 부부관계는 학생과 교사 사이로 발전하여 살아가든지 아니면 옛날 잘못한 삶의 사슬에 얽매여서 죄수와 간수 사이의 주눅이 든 모습으로 하루하루를 보내는 사람도 있다.

잔소리는 사실 상대방의 지적사항을 듣기 싫어하는 것을 말한다. 지적사항이란 게, 불필요한 간섭 행위 즉, 진실된 내용을 알지도 못하면서 이래라저래라하는 행위를 말한다. 이런 불필요한 말은 자신이 상대방보다 우수하다고 생각하고 있기 때문이다. 간혹 나 자신이 생각하지 못하는 사랑의 잔소리도 있긴 하지만 대체로 한족 귀로 듣고 다른 귀로 흘려보낸다. 상대방으로 하여금 자기 생각을 따라 하기를 바라는 마음에서 말을 하게 된다. '이렇게 하라. 그렇게 하면 안 된다.' 듣기 싫어하는 소리를 상대방에게 한다. 말을 듣는 본인은 반대로 생각하고 있으므로 결국 잔소리가 되고 언성이 높아지면서 불쾌감을 드러내게 된다. 언성이 높아지다 보면 언쟁이 생긴다.

요즈음 마누라가 하는 잔소리를 보면 '머리를 스포츠로 깎아라.'
이다. 이유는 머리를 손질하기도 좋고 나이도 젊어 보인다는 것 때
문이다. 옷 색깔을 바꾸라는 사소한 잔소리부터 시작하여 전화벨
이 울리면 무슨 전화를 받았는지 확인한 후에 평가를 한다. 전후
사정도 알지 못하면서 인간관계까지 간섭한다. 그러면서 당신은
항상 끝이 안 좋더라면서 충고한다. 이런 아내의 잔소리에 대한 불
평에 대해서 대체로 다른 여성분들은 사랑에서 나오는 간섭이라고
조언한다.

물론 순종형 인간인 사람은 잔소리라고 생각하지 않고 조언으로
듣고 이에 따르도록 노력한다. 요즈음의 시골 생활에서 대부분 남
편들은 아내에게 모든 일상사를 물어보고 지시를 받은 후 일 처리
를 하는 분들이 대다수이다. 시골에 오기를 꺼리는 부인을 여왕 대
접으로 모시다시피 하겠다는 약속을 하고 함께 시골 생활을 하고
있기 때문이다. 하지만 나의 경우는 오랜 군 생활에서 몸에 밴 지
시형 스타일이고 급한 성격 탓도 있지만, 자신이 알아서 판단하고
처리해야 하는 습관이다. 그러니 간섭받지 않고 나의 판단으로 일
을 처리하는 것이다. 간섭은 곧 잔소리가 된다.

간혹 드라마를 보면 시어머니가 며느리에게 하는 말은 며느리 처지에서 모두를 잔소리로 평가 절하하여 이를 귀찮게 생각하는 게 우리네 인생살이다. 시어머니가 며느리의 가정 살림에 대한 트집, 남편에 대한 행동거지를 문제 삼아 이를 시정 하기 위해 하는 말은 잔소리로 평가 절하되는 경우가 많다. 간혹 서로 이해와 배려로 잘 지내기도 하지만 대부분 며느리는 젊고, 현시대를 살아가는 자신만만형이니만큼 노년의 시어머니는 구시대의 적폐로 무시되는 경향이 요즈음의 세태이다. 더구나 모계사회로 전환되면서 여성의 우위적 위치는 더욱 이를 조장하고 있다.

어릴 때 할머니와 어머니가 벽에 뚫어 놓은 전구 구멍을 통한 서로의 말대꾸를 듣고 자란 나로서는 잔소리보다는 가계 운영의 주도권 싸움으로 서로의 의견을 교환하는 것으로 생각하였다.

자식에 대한 부모님의 잔소리로서 특히 엄마의 잔소리는 사랑이 없으면 할 수 없다. '깨끗이 하라, 복장을 단정히 하라, 신발 뒤를 굽혀 신지 마라, 남과 싸우지 마라.' 등 도덕적 규범에 해당하는 일들을 가정에서 훈육으로 가르치는 행위인데도 이를 잔소리 교육으로 생각한다. 잘못을 저질렀을 때 하는 꾸중과 나무람과는 다른 차원의 교육 방법임을 알아야 한다. 이와 같이 부모님의 잔소리는 성장 과정 전반에 걸쳐 다양한 잔소리를 하게 된다. "공부해라." 부터 시작된 잔소리는 "술 많이 먹지 마라, 담배 피우지 마라, 몸조심하고 건강관리 잘해라." 등등 자식에 대한 걱정이 결국 잔소리로 사랑하고 있음을 표현한다고 생각한다.

　직장 생활을 하다 보면 상사의 잔소리는 근무 의욕을 떨어 느리고 불만을 쌓이게 한다. 그러나 가만히 생각해보면 모두는 아니지만 나 자신을 위함이라는 걸 알 수 있다. 상사와의 갈등이 결국 언어 사용에서 발생 됨을 알 수 있다. 지적사항을 서로의 의견 교환으로 이해할 수 있도록 알려 주는 게 잔소리를 대신하는 소통의 한 차원임을 알아야 한다.

　시골에서 농사일은 오랫동안 농사를 짓고 살아온 경험 많은 농부가 한 수를 가르쳐 주는 것이다. 품종에서부터 심는 시기, 밭의 거름까지 사소한 일에도 남의 의견을 듣고 배운다. 이를 잔소리로 듣다 보면 제대로 농사를 지을 수가 없다. 그래서 농사일은 잔소리를 많이 듣고 소화를 시켜야 가을에 풍성한 추수를 할 수 있다. 여기서도 마누라의 잔소리는 시작된다. "시금치 심을 때 많이 띄워 심어라" "과수는 시기를 맞추어서 수확해야 제맛이 난다." 등등, 하긴 요즈음은 농사도 잔소리를 생략할 기회를 얻게 하는 유튜브를 이용한 교육을 받아 할 수도 있다.

　살아가면서 다양한 잔소리를 접하지만, 나이 먹어서 듣는 잔소리는 결국 건강에 관한 조언이라는 생각이다. 음식은 채소 위주로 하고 오래 씹어서 먹어야 하고 운동은 꾸준히 해야 효과가 있다. 일찍 자고 일찍 일어나는 아침형 인간으로서 자신의 건강관리를 철저히 하도록 잔소리를 한다. 이런 잔소리를 하는 잔소리 대장은 본인이 마누라임을 표시하는 것이라는 생각이다. 나는 "당신의 부인이니, 이런 잔소리는 해도 당신은 귀담아들어야 하고 실천해야 한다."라고 말한다. 마누라 말을 잘 들으면, '자다가도 떡이 생긴다.'라는 속담이 요즈음 시대에서 유세하는 것 같다.

생각의 기준

군 생활에서의 기준은 항상 상사의 명령에 따라 행동해야 하고 법규를 준수하는 일이다. 그래서 부하들이 내 생각의 기준에 따라 행동해 주기를 바라고 그렇게 해야만 안심하고 맞는 행동이란 생각을 가지고 삼십여 년을 생활하였다. 사회생활을 하면서도 군의 생활에서 몸에 밴 기준을 설정하는 문제가 자신에게 있다는 생각으로 행해왔다. 그래서 다른 사람의 생각은 무시하고 내 생각대로 하도록 강요하는 일이 잦았다. 그러다가 「법륜 스님의 즉문즉설」을 듣고 난 후 생각을 달리하게 되었다. '남을 내 생각에 맞추려고 하지 마라'라는 스님의 말씀을 실천하기 위하여 배려하는 마음이나 '역지사지(易地思之)'의 마음으로 한 번 더 생각함으로써 이해할 수 있다. '나하고 생각이 같으면 군자고 생각이 다르면 소인이다.'라는 허균의 말대로 자기 생각만이 옳고 정당하다는 생각을 버려야 한다. 사람마다 각자의 생각이 다르고 가치관이 다른 점을 인정하고 자신과 동일한 생각을 강요해서는 안 된다. 흔히 기준을 강요하는 습관으로 인하여 다른 사람들이 군 생활을 하였다고 생각하게 하는 생활 모습에서 쉽게 발견할 수 있다.

우리 집을 가운데로 좌로는 정년퇴직한 윤 교수의 집이고, 우로는 퇴직한 배 소장의 집이다. 윤 교수는 자주 들리지 않고 한 달에 1~2회 정도 들렀다가 전원주택 주변 정리만 하고 조용히 귀가하는 스타일이다. 십삼 년 동안 연 2회 정도 나와 대면을 하는 정도이고, 장교 임관 후배 되는 사람이다. 배 소장은 혼자 이곳에 집을 짓고 기거하면서 생활을 하는 사람으로서 활동적이고 사리를 분명하게 따지는 경찰관 출신이다. 두 사람과의 관계는 언젠가 한 번 인사를 나눈 정도밖에 없다. 윤 교수가 두세 살 정도 많지만 잘 만나지 못하니 가까이 지내는 사이는 아니고 인사 정도 나눈다.

전원생활에서 가장 사람들의 왕래나 기거하는 분이 많은 계절은 단연 여름이다. 하계 방학, 하계 휴가를 기하여 전원주택의 친인척 집에 놀러 오는 경우가 많기 때문이다.

윤 교수 집에 처갓집 친척들이 놀러 왔다. 여름이고 해서 동해안으로 가기 전에 이곳에 들러 서로 친목을 도모할 생각인 모양이었다.

새벽 걷기 운동을 나가서 열심히 걸어서 목표지점에 도착하였다. 목표지점에 만난 배 소장이 어제저녁에 시끄러워서 잠을 못 잤다고 한다. 대장님 댁에서는 노랫소리를 못 들었느냐고 물어서 일찍 잠을 자는 바람에 못 들었다고 하면서 "어제저녁에는 비가 많이 와서 못 들었을 것이다."라고 했다. 배 소장은 "밤 11시에 노래를 부르면 되느냐, 교수라고 하는 사람이 그렇게 행동해도 되느냐?" 하면서 나무라는 말을 쏟아 놓는다. 옆에 있던 이 사장이 "창문을 열고 잤느냐?" 하고 물으니 더워서 창문을 열어 놓고 잤다고 한다. "그럼 창문을 닫으면 되지, 비 오는 어두운 밤 11시에 노래를 불렀다고 비방을 해대면 되겠느냐? 며칠간 계속되거나 자주 그러한 일이 있는 것도 아니고 어떻게 손님 접대하다 보니 그렇게 된 것 같으니 이해해라."라고 말했다. 그랬더니 대장님은 "어느 편을 드느냐? 팔이 안으로 굽는다고 윤 교수 편을 든다."라고 하면서 통상 밤 10시가 넘으면 음주 가무는 삼가야 하는 게 아니냐는 기준을 제시한다. 기준이란 상황과 적용의 범위를 따져 봐야 한다. 도시의 경우에는 맞는 기준이다. 통상적인 생활 규범이다. 하지만 어제의 경우에는 폭우가 오는 밤 11시에 술에 취해서 부른 노래를 누군가 들을 거라고는 생각을 못 한 것이다. 바로 이웃집에 사는 사람도 못 들었는데 창문을 열어 두고 잠 못 이루고 있는 사람에게는 크게 들렸나 보다.

그때의 생각을 어떤 기준에 의해서 하느냐가 결정의 단초가 된다. 배려하는 마음으로 창문을 닫고 조용히 잠을 청하느냐 아니면 말 그대로 짜증스러운 얼굴로 빗속에 밖을 나가 노래를 부르지 말라는 함성을 치든가 결정해야 한다면, 창문을 닫는 게 낫지 않을까 생각한다. 그리고 평소의 생활도 고려해야 한다. 한 달에 한두 번 오는 사람이고 모처럼의 일이며 특히 여름 휴가철이란 점등을 고려한다면 결코 윤 교수를 시비할 일은 아니라고 생각한다. 무조건

규정과 자신의 기준을 들이대면 이웃 간에 분쟁이 생기고 이 때문에 감정의 골만 깊어지게 된다.

군 생활을 한 사람보다는 경찰 생활을 한 사람이 법을 많이 알고 적용 사례도 알고 있으니 이를 무시할 수는 없다. 다만 상황과 주어진 여건을 고려하여 자기 생각이 옳다는 마음은 버려야 한다. 윤 교수는 아침 일찍 떠났다. 다음에 만나면 고성방가를 자제해달라고 말할 수 있지만 하고 싶지는 않다. 있을 수 있는 일이고 이러한 일은 전원생활에서 여름이면 흔히 볼 수 있는 일이기 때문이다. 이곳에서 지난 십수 년간을 살며 여러 번 경험하였기 때문이다. 연륜이란 이러한 것이다. 그간의 경험을 적용하여 배려하는 마음을 일단 가지고 본인 생각의 기준을 세운다면 큰 문제는 없을 것이다. 웃음과 즐거움이 넘쳐 나는 이웃과 함께하는 전원생활에서 정겨운 이웃으로서 할 일을 다 하는 것이 중요하다. 배려하는 마음을 갖고 생활하여야 한다.

심리적인 특징으로 사람들은 자신의 믿음이나 신념, 판단 등을 지지해 주는 말이나 정보만 선택적으로 받아들이는 방식으로 사고하기 때문에 자신이 생각하는 기준은 모든 행동의 지침이 된다. 더구나 법의 적용을 받는 생활상의 생각은 도덕적 기준보다 더 중요하게 생각하게 한다. 교통 범칙금을 벌과금으로 내고는 마음 편히 생각할려고 국가에 기부했다고 자위하는 못난 생각의 기준은 하지 말아야 하겠다. 자기 생각이 옳다고 고집하지 말고 규칙을 준수하고 남을 배려할 수 있는 생각을 세워서 살아가는 게 중요하다. 즉, 적덕종선(積德種善)의 마음으로 적소성대(積小成大)를 이룰 수 있기를 바란다.

인간 망상

　머릿속에서 지워지지 않고 자신을 괴롭히는 일은 글로써 표현해 버리면 지워진다. 그래서 수필이 필요한 것이라는 생각을 하고 있다. 사람이 변했다는 것은 그 사람이 평소에 하던 대로 하지 않고 언행이 이해하기 힘들 때 하는 이야기다. 외부의 영향력에 의해서 변화하면 질병이 되지만 자기의 생각으로 변하는 것은 의지의 변화이므로 질병은 아니지만, 사회적 활동에서 다른 사람이 볼 때 이상하게 생각할 수밖에 없는 경우가 있다.

　이분은 그동안 그래도 괜찮다고 생각하여 어려운 점을 많이 도와주고 연배로서 대접해 주려고 노력도 하여 왔다. 그런데 어느 날 걷기에 늦게 참가하면서 하는 말이 '치료 잘 받아서' 하는 것이다.

　나이는 두 살 위이지만 장교 임관으로 따지면 내가 선임이고 지금은 군 출신들의 모임이니 함부로 반말하면 안 되는 것이다. 그리고 지금까지는 서로 존댓말을 해왔었다. 그런데 오늘은 평소 모임에 통상 20~30분은 일찍 나와서 기다리던 사람이 늦게 나오면서 미안해서 하는 말이겠지만 나는 싹수없는 사람으로 들었다.

요즈음 국가 유공자 상이 6급이 되고 나서 어렵게 부탁하여 취직 시켜준 경비직도 그만두고 암을 먼저 치료하고 지금은 좋은 상태 인 사람으로서 상당히 목에 힘주는 일을 자랑하고 다녔기 때문이 다. 내면적으로는 '너는 이제 병마와 싸우느냐, 나는 이미 싸워서 이겼다.' 그리고 그로 인하여 상이군인(傷痍軍人)이 되어 월 130만 원의 수당도 받으니 자신이 나보다 훨씬 자랑스럽다는 자부심의 발현이라는 생각이 들었다.

경비직 취직 부탁할 때나 보훈처에 상이군경 신청할 시에는 고분 고분하면서 경청하던 사람이었다. 모든 목적을 이루고 나니 이제 는 필요하지 않은 존재로 인식하고, 함부로 언행을 하는 것으로 생 각되었다. '열 길 물속은 알아도 한 길 사람 속은 모른다.'라는 속 담이 있듯이 왜, 그렇게 언행을 하게 되었는지 알 수가 없다. 살아 가기 위한 삶의 기술이라고 생각되긴 하지만 의리나 신의를 저버 리는 것 같은 그의 행동에 조금씩 신뢰감이 무너지고 결국은 그가 보내온 카톡에 대답도 안 해주는 결과를 가져오고 말았다. 나이 먹 은 사람이 10여 년 동안 함께 하면서 지내온 사이인데 조그마한 그 의 행동에 너무 과민하게 반응하는 게 아닌가 하는 생각을 갖기도 하지만 그간의 기대와 신뢰가 너무 큰 것이었나 하고 생각된다.

오늘은 내가 부담하지만, 다음에 둘이 만나게 되면 당신이 점심을 사야 한다고 다짐받듯이 이야기하면서, 점심값을 치르고 나왔다. 오래전에 인터넷 카페에서 만나 그동안 몇 번의 함께 걷기를 하며 그날마다 점심값을 계산하였다. 그랬더니 어느 날 함께 걷기 한 동료에게 이야기하는 걸 얼핏 듣다 보니 운동시켜주고 밥까지 얻어먹으니 얼마나 좋은 일인가 하는 것이었다. 그동안 점심을 얻어먹었다는 것을 이야기하면서 자신의 행동을 자랑스럽게 말하는 것이다. 아무튼, 한 번도 점심을 사는 일은 없었다. 단둘이 만날 때에도 마찬가지이다. 함께 가다가 가게에서 자신이 구매한 빵도 혼자서만 안 보이게 먹는 걸 보았다. 옷도 그렇고 행동이나 태도도 궁핍한 모습으로 참석하기 때문에 어려운 사람 밥 한 끼 사주는 걸 문제 삼을 일은 아니지만, 당연시하는 걸 들었을 때는 기분이 좋지 않았다. 결국, 안 만나면 되지 하는 생각으로 2년 동안을 만나지 않았다. 그러다가 모처럼 연락이 와서 '분당 중앙 공원'을 걷기 하면서 "요즈음 급료가 많이 올라 받을만하다는데" 하면서 은근히 오늘 점심은 당신이 사라는 식으로 이야기를 하기도 하였다. 그래도 아무런 반응이 없어 결국 점심값은 내가 계산하게 되고 다음은 당신이 사야 한다는 다짐을 받은 것이다. 남자들 세계에서 그래도 두 번 얻어먹으면 한 번은 사는 것이 통례인데 이분은 아예 걷기를 함께 해주고 점심을 얻어먹는다는 생각으로 참석하고 있음을 알 수 있었다. 그러니 오늘 이후 이제 점심을 사야 하는 부담감으로 두 번 다시 연락이 오기는 힘들 것 같다는 생각이 든다.

사실 말 한마디와 밥 한 끼가 뭐가 그리 중요하고 문제가 되는가 하는 생각이 든다. 마음을 비우고 이해하면 아무것도 아니다. 기대에 대한 서운함에서 아쉬워하는 마음이 생기고 배은망덕이고 신의를 저버린 행위로 생각하게 된다. 인간관계의 단절로 이어진다. 불쌍한 사람으로 생각하고 밥 한 끼 사주고 그간 어려운 생활에 대한 위로도 해주면서 지내면 되는 게 아닌가, 그러한 언행에 대하여 집안의 가훈인 강직이란 DNA를 갖고 있어 무의식적으로도 비도덕적인 행위를 판별하고 이를 거부하는 맞대응 행위가 나타나기 때문일 것이다.

조던 B. 피터슨이 쓴 『12가지의 인생의 법칙』이란 책에서 제4 법칙으로 당신은 다른 사람과 비교하지 말고 오직 어제의 당신하고만 비교하라는 말처럼 그분들과 비교해서 생각하지 말아야 한다. 즉문즉설의 법륜스님도 베풀면서 바라는 마음을 갖지 말라고 하였다. 바라면 괴로움이 돌아온다는 것이다. 나의 마음에서 버리지 못한 이기심이 문제다. 살아가면서 지켜야 할 인간적 관계 유지에는 나름대로 규칙이 있다. 남이 베푼 은혜는 반드시 보답해야 한다. 그리고 항상 베풀면서 살아가는 게 나의 생각이다. 특히 신의를 저버리는 일은 하지 않는 것을 제일 중요하게 명심하고 있다.

사람에 대한 기대가 클수록 망상도 커지고 실망도 깊어지니 남에

대한 바램보다는 나를 먼저 반성하고 배려하는 마음의 자세를 가
져야 할 것이다.

말 한마디

'말 한마디로 천 냥 빚을 갚는다.'라는 속담도 있지만, 비수 같은 말 한마디로 남의 가슴을 헤집어서 서로 간의 인간관계를 단절시킬 수도 있다. 살아가면서 서로 간에 말을 안 하고 살 수는 없다. 특히 이웃 간이나 동일 근무지일 경우에는 더욱 그렇다. 시골에 살면서 느낀 인간관계를 단절시킬 수밖에 없는 말 한마디와 듣기 좋은 말을 소개하고자 한다.

우리 농원 아래 새로 귀촌하여 사과 과수원을 하는 김 사장이 옥수수를 가지고 처음으로 우리 집을 방문하였다. 응접실에 들어가면서 김 사장이 큰 슬리퍼를 보고 생각 없이 한 말은 "도둑놈 발 같다."라고 하였다. 그래서 신발 주인은 나의 둘째 아들인데 키가 192㎝이고 발이 300㎜ 된다고 했다. 기업체 대표로 잘 나가고 있다고 말을 하면서 설명을 해주었다. 차를 한잔하고 집을 떠나면서 다시 한마디 하는 말이 "도둑놈만 키우나." 하는 게 아닌가, 평소에도 말을 함부로 하는 행위로 인하여 아내로부터 몇 번 꾸중을 듣는 걸 목격하였다. 가만히 생각하니 형편없는 언행이라 생각되었다. 자기의 집으로 돌아가고 있는 김 사장에게 전화해서 "두 번 다시 서로 말하는 일 없도록 하자. 당신하고 서로 말 안 하는 게 좋겠다." 라고 했다. 남의 집을 처음 방문하여 기껏 한다는 말이 그 정도 수준이면 배운 게 없는 사람으로 취급해야 하겠다는 생각이다. 그 후 부인에게 그러한 사실을 이야기해주었다. 부인은 남편을 욕하면서 죄송하다는 말은 하지만 함께 사는 사람도 초록은 동색이라 하지 않든가 하는 생각을 지울 수가 없다.

우리 농원 위로 약 3㎞ 떨어진 외진 곳에서 은행나무를 키우면서 은행 제품을 생산 판매하는 장 사장과의 관계에 관한 일이다. 장 사장의 숙소와 농장을 가기 위해서는 우리 농원 주변으로 난 길을 반드시 통과해야만 하게 되어있다. 나는 그 도로 땅의 소유자로서 80평을 제공하고 있어 토지의 주인으로서 손해가 많은 편이다. 귀촌 초기에는 지나가면서 인사도 하고 농사에 관한 토론도 하고 봄나물도 자신의 농장 주변에서 채취하도록 해주었다. 도로 사용에 대한 미안한 감정의 표현으로 생각하였다.

어느 날 전화를 해서 "모서리 부분의 50㎝ 팔아라."라고 하지 않는가. 하도 어이가 없어서 왜 그러느냐고 물으니 차가 돌아가기 힘들어서 그렇다고 한다. 80평을 도로로 내주어 속으로 안타까운 마음을 갖는 상황에 무료로 도로를 이용하는 입장에서 50㎝ 팔라는 말을 하다니 그게 말이 되는가, 50㎝를 꼭 필요할 것이면 팔기는

커녕 그냥 사용했을 것이다. 고마움을 표현해야 할 사람이 도리어 당당하게 약 올리는 말을 하다니 기가 막히는 것이었다. 그 이후로 두 번 다시 인사나 아는체하는 일이 없어졌다. 인간 됨됨이가 틀려 먹었다는 생각이었다.

우리 농원으로 들어오는 길목에도 바위로 길을 막은 일이 발생하였다. 자신의 농로, 즉 사도를 사용하지 못하게 경계선에 바위로 막은 것이다. 두 사람의 감정의 골이 깊어 지면서 이러한 일이 발생한 것이라 한다. 시골에서 토지경계로 인한 법적 다툼은 비일비재하게 일어나고 있다. 내 소유인 토지를 80평이나 도로로 제공하고 있는 마당에 그걸 이용하는 사람이 그런 말을 한다는 것은 곧 인간관계를 단절하자는 이야기가 된다. 말 한마디의 위력이 이렇게 크다는 걸 알 수 있다.

시골 이웃집에 사는 경찰관으로 퇴직한 배 소장은 만날 때마다 '어르신'으로 부르면서 허리 굽혀 인사한다. 자신보다 십 년 이상 연장자에게는 '어르신'으로 존칭을 쓴다고 한다. 듣기 좋은 말이다. 하지만 듣는 나 자신이 부담되어 '하 대장'이나 이미 부르고 있는 '하 사장'으로 부르게 하였다. 그러나 계속 어르신으로 부르고 간혹 배드민턴장에서 하 대장님으로 부르면서 지낸다. 노인네, 늙은이, 할배 보다는 얼마나 듣기 좋은 말인가, 물론 누군가는 보여주기 위해서 좋은 말들을 지어낼 수도 있지만, 대부분의 좋은 말들은 그 말에 한 사람의 인생이 담겨 있다고 한다. 여성을 호칭할 때도 할머니나 여사 칭호를 부처 부르면 듣기 좋아한다. 최 여사, 황 여사라고 불러주고 맛있는 식품도 얻어먹는 일언 양 득의 호칭법이다. 우리 집사람은 오래전부터 이 여사로 부르고 있다. 상당히 자긍심을 갖고 자신의 뚜렷한 생각을 펼치면서 사는 걸 본다. 그리고 남의 입장을 항상 배려하는 말을 하고 산다. 그런 점은 칭찬할만하다. 가장 좋은 말은 아이들이 어른에게 하는 '안녕하세요'의 인사말이다. 공손한 자세로 하는 인사말을 들은 어른은 아이의 머리를 쓰다듬어 주면서 호감 어린 말로 잔뜩 칭찬하고 싶은 마음으로 아이를 바라본다. 그러면서 자녀교육을 잘한 부모 칭찬을 마음속으로 하게 된다.

텔레비전에서 보는 '도전 꿈의 무대'에서나 '복면가왕' 같은 음악 경연의 자리에서 누구나 노래 부른 가수에게 나쁜 비평으로 말하지 않는다. 칭찬으로 더욱 정진할 수 있도록 돕는다. '칭찬은 고래도 춤춘다'라고 하지 않던가?

말은 인간의 본성을 나타내고 사람 됨됨이를 외부로 표현하는 도구의 하나이기도 하다. '침묵은 금이고 웅변은 은이다.'라는 속담은 소통을 강조하는 요즈음의 시대에는 속언이 되어 버렸다. 말을 서로 하면서 마음을 열고 인간관계를 더욱 돈독히 해야 하기 때문이다. 오늘날 인간관계에서 가장 문제시되는 것은 '대화의 빈곤'이 아니라 '바르지 못한 대화'이다. 잘못된 말 한마디는 상대방에게는 비수와 같다는 것을 잊지 말고 말을 할 때는 상대방의 입장을 고려하여야 한다. 좋은 말 칭찬하기를 습관화하는 것이 중요하다. '말 안하면 귀신도 모른다'라는 말을 생각한다.

사돈의 기도

새벽에 깨어나자마자 밤사이에 어수선한 꿈을 지우고, 마음속으로 '오늘도 건강하고 즐겁게 하루를 보낼 수 있게 해주세요' 하고 막연히 빌면서 시작한다. 나이 먹어서 생활의 초점은 잘되기를 비는 마음뿐이다 보니 모든 것이 마음속 기도이고, 축원이다. 아마 정신은 아직 살아 있지만, 육체는 녹슬어 고장의 단계에 접어들다 보니 행동보다는 마음으로 하는 경우가 많다.

기도는 자신이 희망하는 바를 이루어지길 비는 것이다. 일상에서 주로 사용하는 문구를 보면 인생길을 '성공하길 빈다.', '행복하길 빈다.'로부터 시작하여 생활 속에서 '합격하길 빈다.' 등 자신이 살아가면서 닥친 인생의 파도를 헤쳐 나아가기 위한 절대자의 도움을 빌리고자 함이다.

언제부터인가, 가족 모임에서 사돈을 만나면 기도가 생각나고 오늘은 무슨 기도를 하려나 하는 생각과 은근히 기다리는 마음이 생긴다. 지난번 나의 생일과 아들 회사의 코스닥 상장 기념 모임에서도 사돈은 모두의 건강과 회사의 발전을 위하여 기도하였다. 며칠 전 모처럼의 사돈 간 골프모임에서도 시작 전 세 사람이 모여 감사와 건강을 위한 기도를 하였다.

사실 기도는 어렵다. 우선은 모든 사람이 하지 않는 행위이니 남의 눈치를 안 볼 수가 없다. 그리고 참석자가 원하는가 하는 생각도 해봐야 하고 장소도 문제가 될 수도 있기 때문이다. 그리고 참석한 사람들의 한 사람씩 모두 거명하면서 보편적으로 그 사람이 원하는 바를 알아내어 이를 이루도록 기원한다. 그리고 건강과 행복을 기원해야 하고 나아가 사회와 국가의 안녕도 기원해야 하니 어렵지 않을 수 없다. 이런 어려운 기도를 사돈은 잘하고 있다. 아마 모임 전에 미리 마음의 준비를 하거나 메모를 해두고 읽기도 하지 않는가 생각한다.

6·25 전쟁 후 먹고 살기 힘든 시기에는 교회에서 주는 문구와 먹을거리를 받아먹기 위해 교회에 다니기도 하였다. 특히 크리스마스에는 교회 안이 꽉 차기도 하였다. 진주 경찰서 옆에 있는 안식교회에서 아침 일찍 나가 교회 주변 청소를 하는 나를 목사님 내외는 기특하게 보고 간혹 식사제공도 해주면서 열심히 교회에 다니도록 격려도 하였다. 그러다 보니 초등학교 6학년에서 중학교 2학년까지 교회의 각종 행사에도 참가하는 등 교회 서적을 탐독하고 진실한 교인이 된 것처럼 행동하기도 하였다. 당시에는 여러 사이비 종교가 사회에 난립하던 시기였다.

그 당시 어려운 집안 사정으로 누님은 중학교를 졸업하고 견직공장에 여공으로 일하였다. 나는 누님이 주는 수업료로 중학교에 다녔다. 그러다 보니 누님의 월급날을 손꼽아 기다렸다. 수업료가 밀리면 학교에서 선생님의 잔소리를 듣기 싫었기 때문이다. 3개월이 밀린 수업료 독촉으로 내일은 꼭 내야 하는데 누님이 월급을 타오기만을 책상 앞에서 기도하였다. '오늘 누님이 월급을 타오게 하여 주십시오.' 간절한 기도의 덕분으로 월급날이 아닌데도 생각지 않은 누님이 월급을 타오고, 나는 다음날 기분 좋은 등교를 하게 되었다. 그때부터 간절한 기도는 이루어진다는 생각을 가지게 되었다. 그때의 영향이 오늘에 와서 나에게 기도에 조그마한 믿음을 갖게 해줌으로써 좋은 일이라는 생각을 하게 해준 것 같다.

교회에 다니지 않아도 기도는 하고 싶다. 기도란 결국은 내가 마음속으로 염원하고 있는 바를, 마음속으로 원하는 소리 없는 바람을, 대신하여 소리 나게 말씀해주시는 것이라 생각이다. 그래서 '사돈! 기도 합시다.' 라고 마음으로 재촉하는 경우도 있다. 예의 바른 사돈은 교회의 장로이다. 반드시 먼저 나에게 "기도 먼저 하고 또는 지금 기도하겠습니다."라는 양해를 구하고 시작한다.

사실 처음 아들이 결혼할 때 며느리가 교회를 핑계로 우리 집 가풍을 바꾸어 놓을까 봐 교회에 다니지 않는 조건으로 결혼을 승낙하였다. 교인의 집안에서 자란 며느리가 신랑이 마음에 들어서인지 이를 확인하는 서약서까지 쓰면서 사돈의 동의를 받아 결혼하였다. 세월이 흐른 후 손주가 태어나서부터는 그간의 제사나 조상 모시기 등, 가풍에 대해 열심히 배워 하는 걸 보고 교회에 다녀도 좋다고 승낙을 해주었다. 지금 생각하면 개인의 종교의 자유를 억압하는 처사로서 말도 안 되는 일이었다.

사돈이 퇴직 후 교회에 열심히 다녀서 교인들의 직접 투표로 장로가 되었다는 소식을 접했다. 그리고 나서부터 사돈이 다니는 교회에 가는 일이 생겼다. 장로 임식 기념 예배에 참석하였다. 교회에서 처음으로 대표 기도하는 날 참석하는 등 서울까지 가서 교회 행사에 참석하였다. 교인으로서가 아니라 사돈으로서 참석하는 것이다.

그러다 보니 어려운 사돈 관계가 형제간보다 더 친해지게 되었다. 매년 함께하는 김장 행사나 올해부터 하게 된 명절 함께 지내기는 대표적인 행사이기도 하다. 스스럼없이 사적인 이야기를 나누면서 인생의 동반자로서 서로 기대면서 살아가게 되었다. 사부인의 배려와 베푸는 마음이 단연 돋보이는 관계 접착제 역할을 한다. 사부인이 전하는 이야기로는 주변 사람들은 부러운 눈초리로 또는 이상하다는 생각으로 물어본다고 한다. 시골에 올 때도 자랑을 하고 온다고 한다. 어떻게 지내면 그렇게 되는가 하고 물어본다고 한다.

사돈의 기도 덕분에 나의 건강도 잘 유지되고 있고 아들 회사의 발전도 있었다고 생각을 하고 있다. 기도는 누구나 할 수 있다. 그러나 사돈의 기도는 간절함이 숲속을 지나는 환자의 애절한 모습을 연상하게 한다. 기도를 받아들이는 자세가 숙연함을 더욱 빛나게 한다.

정겨운 이웃

'가까이 사는 이웃이 먼 곳에 사는 형제보다 낫다.'라는 속담이 있다. 그래서 '이웃사촌'이란 말이 나온 것이다. 이웃은 우리가 살아가는 동안 삶에 영향을 미치는 필수 불가분의 한 요소이다. 이웃에 어떤 분이 살고 있느냐에 따라 이웃 간의 관계 설정이 다르고, 그로 인해서 살아가는데 영향을 받는다.

살고 있는 지역, 거주 형태에 따라 이웃 간의 관계 설정이 다르다. 예를 들면 아파트는 주로 이웃과의 친밀도보다는 개인적 프라이버시를 중요하게 주장하는 분이 거주하는 곳이고, 도회지보다는 시골이 이웃 친밀도가 강하다. 이웃집은 있어도 정을 나눌 기회가 많은 곳은 아파트보다는 단독주택, 도시보다는 시골이라 할 수 있다.

전원주택에서 생활하는 사람들도 자신의 휴식을 주로 하는 분은 이웃분과 서로 소통하는 걸 싫어한다. 잠깐 쉬고 바로 귀경하기 때문이다. 그러나 계속 거주하는 사람들은 이웃과의 교류를 선호한다.

시골 동네에 새로 이사 온 사람과 새집을 짓고 사는 세 가구가 있다. 우리 집 아래 새로 이사 한 이 사장은 수원에서 이곳에 집을 사서 이사했다. 처음에는 이사한 기념으로 이웃을 초대하여 닭백숙을 대접하고 앞으로 많은 도움을 달라고 했다. 그 집에 발을 들여놓으면서 한 말은 12년 만에 처음으로 잔디를 밟고 이 집에 들어와 본다고 했다. 전 집주인이 얼마나 잔디를 아끼는지 모든 사람의 출입을 금지하고 본인이 새벽에 나와 잡풀을 제거하는 작업만 하였다. 특히 집의 조경이 잘되어 있다. 언젠가 지나가는 과객이 잠깐 들어와 구경하다가 여주인이 "왜 남의 집에 허락도 없이 들어왔느냐"고 버럭 고함을 친 것을 보았다. 이웃 간에 대화는 윗집 동서와 교인들 외에는 일절 말 나누는 일이 없었다. 그러다가 부인의 고집과 이웃에 절이 들어오는 바람에 더 이상 전원생활을 할 수 없다고 판단하여 집을 팔고 이사 갔다. 새로 이사 온 이 사장은 정반대로 이웃과 잘 지내기를 원하니 집에 이웃을 초대하게 된 것이다. 이 사장은 수원에서 내가 살던 곳 근처에 살았었다.

바로 우리 집 옆에 새로 그리스식 건물을 아담하게 짓고 이사 온 배 소장은 혼자 기거한다. 부인은 서울에서 아직 직장을 다니므로 각각 떨어져 사는 주말부인 셈이다. 배 소장의 부드러운 성격에 친근감 있고 이웃과 잘 지내려고 하는 마음에서 새로 알게 된 이 사장을 형님으로 모시면서 재미있게 지낸다. 배 소장의 유기적 활동으로 큰 사모님, 작은 사모님, 막내 사모님으로 여자분들을 호칭하면서 친근감을 나타낸다. 새벽 걷기 운동의 앱인 '워크 온'의 지도는 물론 어려운 점을 해결하여 주니 여자분들이 더욱 좋아한다. 구수한 전라도 사투리와 찰싹 달라붙는 성격이 이웃의 모임을 가능하게 하는 원동력이다.

동해에서 이사 온 다른 한 분은 나이가 나와 비슷하지만, 그간 많은 농사 경험을 하고 있고 양봉도 하는 농사 전문 기능장이다. 각종 기능을 갖고서 이웃의 일은 물론 수시로 이 사장의 농사일을 도와주면서 자기 일보다도 이웃의 어려운 점을 먼저 해결해 주려고 하는 배려형 인간이다. 나와 마찬가지로 월남 참전 용사고 고엽제 전우이며 위암 수술한 암 환자이다. 부인은 음식 솜씨가 좋고 비 오는 날, 감자 빈대떡 등 막걸리 안주를 만들어 간혹 초대하여 베푼다.

새로 이사 온 한 분, 새집 짓고 들어온 두 분 그리고 우리 집, 이렇게 네 집이 쿵짝이 잘 맞는 편이다. 그래서 매월 한두 번 정도 단체 식사를 회식 겸하면서 친목을 도모한다. 더구나 새벽 걷기 운동을 함께하면서 서로 간의 살아온 날들에 관해 이야기함으로써 자신을 이해하도록 만든다. '워크 온'에서 시행하는 매월 '챌린저'에 도전하여 상품권도 받는 즐거움도 함께 누린다.

반대로 이웃을 이용하여 전원생활 속에서 자신의 이익만 추구하면서 지내는 나쁜 전력을 가진 사람도 있다. 이웃에 살지만, 말을 하지 않는 것은 물론 모이면 또 무슨 일을 저질러서 잇속을 채웠는지를 비방하면서 마주치기를 꺼리고 지낸다. 작년에 이웃에 새로 절이 생겼다. 처음에는 목탁소리가 시끄러워 어떻게 하나 하고 걱정도 하였다. 주지 스님에게 찾아가 마이크로 외부에 소리가 나가는 걸 하지 말아 달라고 이야기하였다. 그런 일이 있는 이후 소리가 밖으로 새어 나는 일은 없었다. 그리고 보니 절이 있으므로 해서 큰 문제가 없고 초파일 하루는 어쩔 수 없다는 생각이다. 절에서 지내는 불공 시 바친 과일과 떡을 이웃 주민들에게 나누어 준다. 이제는 자주 만나서 대화는 물론 식사도 함께하는 이웃으로 변하였다. 동네 몇 집은 함께 하지 못하고 있다. 서로의 생각이 달라서 어쩔 수 없다. 처음에는 일곱 가구가 함께 하였으나 세 가구는 오래가지 못하고 모임에 불참한다. 시골에서 이웃과 대화하지 못하고 지내면 혼자 쓸쓸함을 느낀다. 나갈 곳이 없는 코로나 시대에서 그나마 이웃끼리 모여 대화하고 밥 먹는 일이 삶의 즐거움이다.

한국 사람은 세 사람 건너면 다 아는 사람이라고 한다. 아랫집 이 사장은 경상도 사람이고 수원 같은 동네 사람이다. 동해서 온 참전 전우는 모친이 나와 같은 동성동본이기도 하다. 배 소장은 경찰 근무자이고, 배드민턴 동호회 회장, 나는 군 생활자이면서 배드민턴 회원이니 서로 잘 맞을 수밖에 없다. 그간 몇 차례의 회식과 매일 새벽 걷기 운동을 하면서 서로 이해하고 친밀하게 지내게 되었다. 핸드폰에 '밴드' 앱을 설치하고 '정겨운 이웃'으로 이름을 정하여 소통의 장을 만들어서 사용함으로써 더욱더 친한 사이가 되었다.

코로나로 인하여 경제는 어려워지고 사회는 어수선한 세상에서
서로 만나지 못하는 거리 두기 실천으로 이웃 간의 정도 메말라 가
고 있다. 전원생활의 네 가족이 뭉쳐 정을 나누고 있음은 또 다른
코로나를 이기는 장기적 대책이라는 생각이다. 이웃 간에는 서로
배려하는 마음으로 살아야 한다.

어려운 연습생 시절

"가끔 뵈는구나." 혼자 중얼거리는 소리를 듣고 모르는 체하고 "안녕하세요." 인사로 대신하면서 게이트볼장을 들어간다. 오늘도 지각인가 하는 말도 간혹 들어가면서 지난 3개월의 게이트볼 운동은 그냥 운동이라고 하기에는 너무 앉아 있는 시간이 많아서 머리 쓰는 운동은 될지라도 몸을 움직여서 하는 육체적인 운동은 별로 효과가 없다.

코치의 작전 지시에 따라 공을 이동해야 하는 동작을 실수하거나 잘못했을 경우에는 팀의 승패가 좌우되는 팀 운동이다 보니 신중에 신중을 기하여 공을 친다. 그러나 초보자인 나로서 제대로 지정한 장소로 공을 가게 하지 못하니 한마디 듣는다. "군 생활할 때도 사격도 못 했는가?" 하는 옛날 전력까지 들먹이다 보면 스트레스를 안 받을 수가 없다. 공치는 것도 중요 하지만 회원들의 언행으로 인하여 받는 스트레스가 더 크다. 자신을 반성하라는 운동지침을 써서 붙여 두었지만 그건 소용없고 바로 비난의 말이 들리는 것은 어쩔 수 없다.

사실 30분 동안 평균 3회 정도의 공을 이동시키는 운동이다. 어쩌다 장타가 적중되면 기분도 좋고 단타를 제대로 못 하면 뒤통수가 뜨겁고 자신을 반성하는 자리에서 다음을 기다리는 신세가 된다. 자신의 공이 어디 있는지는 확실히 알아야지만 어쩌다 모르는 경우는 시간 다툼이니 뒤통수가 근질근질하다. 또 누군가는 흉을 보았을 것이다.

점심을 외식 위주로 하다 보니 게임 시작 시각이 오후 2시라 아슬아슬하게 도착하는 경우가 많다. 신입 회원이 늦게 온다는 뒤통수 말이 들린다. 언젠가는 "3시부터 시작하면 안 되느냐? 여름에 가장 더운 2시보다는 낫지 않겠느냐"고 말하였으나 누구 하나 맞장구치기는커녕 멀거니 쳐다보기만 한다. 결국, 옛날에 다 해보았으나 현재 시각이 그런대로 회원들에게 맞는다는 것이다.

농사일도 하지 않고 오로지 게이트볼 치는 시간으로 하루를 보내는 사람들로 구성되어 있다 보니 아침부터 이곳에서 연습으로 시간을 보낸다. 점심도 소주 한 잔 곁들며 중국 음식 시켜 먹고 하루를 투자한다. 그런 사람과 비교해 보면 나는 너무 바쁜 하루를 살고 있으니 항상 뒤통수가 가렵다. 하긴 뒤통수 가려운 소리를 듣지 않으려면 연습에 연습을 거듭해야 하는 길뿐이다. 더구나 거의 한 달에 한 번씩 군 시합을 하니 팀 성적을 위해서 노력을 안 할 수가 없다.

누가 시킨 것도 아니고 안 사장 내외가 친다고 하니 고무되어 한 번 쳐 보기로 마음을 정하였다. 평소 함께 하자던 김 회장의 권유도 있고 해서 시작한 운동은 처음에는 잘하려고 노력도 하고 열심히 하였다. 회원들과 단합 회식도 함께하면서 군 시합에는 응원하는 시간으로 연습생 생활을 하면서 조금씩 나아지는 기분이었다.

회원 12명의 생활의 이모저모와 운동장 내에서의 심리 상태를 노년의 삶의 모습과 연관 지어 생각해 보면서 서서히 한 사람씩 내면적인 면을 파악하는 즐거움도 있었다.

처음에는 운동도 안 되고 노인들의 시간 보내는 일이라는 생각으로 지내다가 이번에 막상 해보니 상당히 어려웠다. 볼을 맞히기도 어렵지만, 적의 위치를 알고 나를 지키며 적을 아웃시키는 일은 팀원 5명 중 1명이 자신을 희생하면서 다른 팀의 공을 잡는 작전을 그리고 코치의 지시대로 공을 이동시키는 것이 쉬운 일은 아니었다. 김 회장은 치매 예방에 좋다는 말을 자주 하면서 작전을 잘 짜곤 하였다.

"당신은 4리에 살면서 왜 강림팀에서 운동하느냐?"는 4리 회장의 이야기를 들었다. 나의 대답은 몇 년 전 '면 체육대회'에서 강림 4리 노인회장을 만나 노인으로 등록하면서 게이트볼을 한번 배워 보겠다고 했더니 찾아오라고 해서 찾아갔지만, 본인 일이 많아서인지 게이트볼장으로 오지도 않았다. 그래서 집과 가까운 이곳에

서 치게 되었다고 설명하였다. 그때는 아마 인원이 많아서 신경을
안 썼고 지금은 인원이 모자라서 그렇다는 대답으로 지나갔다.

하 대장 덕분에 오늘은 이겼다고 하는 김 회장의 말 횟수가 많아
지고 자신의 임무를 제대로 수행했을 때의 가슴 뿌듯함을 느끼면서
집으로 갈 때 집사람도 칭찬을 아끼지 않았다. 점점 재미를 붙여가
긴 하지만 올해부터 시작한 서울 사이버대의 수강이나 농사일, 수
필을 쓰는 일, 문학 활동, 배드민턴 운동을 하면서는 어렵다는 생각
이었다. 더구나 점심 식사 시간이 외식 시간이고 오후의 즐거움을
가져오는 전원생활의 묘미이니 이를 망가뜨릴 수는 없었다.

늦게 도착하거나 자주 빠지는 일로 인하여 회원들의 운동 의욕을
잃게 한다는 뒷말이 뒤통수 가려운 일이다. 이런 말을 안 들어야
한다면 결국 게이트볼을 그만 치는 것이라는 생각에 이르게 되고
회원들에게 오해 없도록 설명하고 회원이 부족하면 언제든지 달려
오겠다는 말과 함께 그만두었다. 게이트볼 운동을 위해 사둔 스틱
은 집 뒤에 있는 창고에 보관하고 언젠가는 다시 치러 가야 한다는
생각이다. 내년쯤이나 아니면 회원 중에 사고가 생기는 그때…
이제 뒤통수 가려운 일은 없을 것 같다. 혹시 다른 일로 인하여
가려운 일이 생길 수는 있겠지만, 게이트볼 동호회 회원으로서는
없을 것이다. 좀 더 열심히 하고 선수로서 군 대회에도 나가지 못

한 점이 아쉽다. 그래도 동호회 회원 카톡은 그대로 두고 있으니 소식은 알 수 있는 것으로 지내고자 한다. 다행히 고추건조기 회사 문 사장이 새로운 고향 친구로 다가와 주어 재미있게 지내고 있다.

인간관계의 어려움

사람이 살아가면서 다른 사람과의 관계를 맺으면서 살아간다. 가까운 이웃으로부터 시작하여 혈연, 학연, 지연을 매개로 사람과 사람 간의 관계를 인간관계라고 한다. 사람과의 관계에는 여러 가지 복합적인 요소가 포함되고 그로 인하여 서로 간 상호 작용이 생기고 친밀도가 배가 되는 상승 요소로 작용 되기도 한다. 이러한 요소 중에서 가장 중요한 요소는 신뢰성, 정보의 교환, 서로 간의 배려일 것이다. 하지만 배신, 일방적 정보의 탈취, 이기주의에 따른 행동은 결국 서로의 인연은 호연에서 악연으로 전락하는 경우가 된다.

인연은 나를 낳아주신 부모님으로부터 시작하여 피를 나눈 형제자매 가족, 친척, 자식으로 이어지는 혈연이 있다. 학교생활로 맺어진 학우들의 관계인 학연, 동일 지역에 살았다는 지연, 같은 직장에 근무했다고 해서 생기는 직장동료를 비롯하여 각종 교육기관의 동기생, 등산, 운동의 동호회, 동네 친목회는 사람과 사람 사이를 연결해주는 보이지 않는 인연의 끈을 이리저리 몸에 감고 다니게 한다.

동네 친목회에 친한 직장동료를 가입시켜 함께 하였다. 몇 개월 후 원래 회장을 맡기로 한 사람이 이유를 대면서 못하겠다고 하여 다른 회원을 지명하였지만 모두 사절하는 바람에 결국 해산에 이르게 된 것이다. 해산 후 몇 개월이 지나고 나서 회장을 하지 않아 회가 폐회된 점을 미안하게 생각하였는지 자신의 가게 개점을 핑계로 하여 회원이었던 사람들을 초청하였다. 늦게 들어온 직장동료도 다른 사람이 별도로 초청하였다. 나로 인하여 가입하게 된 직장동료는 나에게 참석 여부에 대해 아무런 상의도 없이 혼자 참석한 걸 보았다. 아니 한 번쯤은 "당신이 소개해준 친목회 회장이 식사하러 오라고 초청했다."라는 말과 서로 간 참석 여부를 확인할 줄 알았다. 삼십 년간을 함께 지낸 서로 간의 친밀도가 이해타산 앞에서는 어쩔 수 없이 자신이 유리한 쪽으로 기운다는 것을 보았다. 결국, 더 이상 관계 유지가 곤란하다.

만나면 자신으로부터 부인 그리고 아들, 며느리까지 자랑하는 문우 한 분이 있었다. 카페에서 두 시간 동안 문학적인 서로의 집필에 관한 이야기는 많은 도움을 주었다. 하지만 자신과 가족에 대한 자랑은 거듭될수록 듣기 싫어졌다. 자랑은 한 번이면 족하다. 이번에는 수원 집을 팔고 시골에 새로 집을 짓는 일에서부터 시작하여 세계 여행기를 나열한다. 아무튼, 자신의 이야기에 도취하면서 사는 사람으로 생각하면 되었다. 문제는 남의 잘한 점이나 어려운 점은 제대로 듣지 않고 이에 대한 배려도 없다는 점이다. 문우의 모친사망을 알면서 그냥 지나치거나 책을 출판하였음에도 아무런 축하의 말 한마디도 없는 사람이라는 점이 인연을 끊게 만든다.

군 동기생은 군사교육을 함께 받은 사람들로 구성된다. 시험을 봐서 모집된 사람들이니 선발 조건에 따라 나이와 신체적 차이는 정해진다. 임관 후 군 동기생의 모임에서 나이를 따져서 행동하기를 강요하면 군 동기생이라는 자체가 무색하게 된다. 나이 차이가 많은 동기생에 대한 나이 어린 동기생은 배려하는 마음을 갖고 이를 이행하면 되지 나잇값을 강요한다는 것은 군 동기생이 아닌 사회 선후배 관계로 전환되어야 한다. 군 동기생은 군사교육을 함께 받은 사람이라는 점이 가장 중요한 모임의 요소이기 때문이다. 그래서 군 동기생 모임에는 나가지 않게 된다. 결국, 군사교육으로 맺어진 인연은 없어지게 된다.

친목 모임에서 만나면 여러 가지의 자신에게 일어난 근황에서부터 가족에 관한 이야기를 서로 나눈다. 오 형은 잘 풀리지 않는 딸의 결혼에 대한 고민 그리고 집안의 각종 행사에 이르기까지 재미있게 이야기를 나눈다. 특히 아들이 영관 장교로서 일 계급 진급되었다는 즐거운 이야기를 꾸밈없이 잘한다. 상철 후배는 교사로 재직 중인 아들 내외의 근황을 자신의 처지와 비교해서 이야기를 이어 나가면서 자신이 행한 행동이 맞는지를 회원들에게 묻곤 한다. 토의가 시작되고 답변이 오고 간다. 그런데 이러한 분위기에서도 김 형은 남의 말에 대한 추임새는 하지만 자신의 이야기는 하지 않는다. 나이 탓인가 하는 생각을 해보지만 과묵하다는 과정이 지나쳐 너무한다는 생각이다. 회원들의 가족사까지 모두 듣고 이야기를 나누는 과정에서 한마디도 자기에 관한 이야기는 물론 가족에 관한 이야기도 하지 않는다. 정보의 상호 교환이 아니라 일방적으로 얻고만 가는 것이다. 어떻게 보면 이기적인 사고에서 나온 행동으로만 생각되었다. 자연히 인간관계의 끈을 자르게 된다.

시골에서 흔히 있는 일이다. 처음 귀촌한 사람과 사귀는 과정이 그렇다. 먼저 이분을 알게 되어 친밀하게 지냄으로써 나에게 도움이 되는지를 먼저 계산해보고 난 후부터 접근한다. 처음에는 서로 간의 알기 위해 함께 식사도 하면서 간단한 만남을 이어가면서 서로 노력한다. 나이 많은 분에게는 어르신, 사장님, 이모 등 그런대로 존칭을 사용하면서 자주 만남을 이어 간다. 어느 정도 친해지면 가지고 있는 가치관이나 생각을 알 수 있다. 처음 알게 된 부분은 가식으로 보여주기 위한 것이라는 것을 알아차리는 순간 회의를 느끼게 된다. 그래서 귀촌한 새로 이사 온 사람과의 만남을 별로 좋아하지 않는다. 이는 사람을 불편하게 만들고 그 사람과의 인연을 이어가려는 진심을 알아주지 않으면 더욱 부담감을 주기 때문이다. 서먹한 이웃 관계가 형성되게 된다.

아내는 항상 나에게 못마땅하게 생각하면서 나를 나무라는 말은 인간관계에서 "왜 당신은 끝이 안 좋은가?" 하는 말을 듣는다. 이는 친하게 지내던 사람과의 헤어짐을 나무라는 말이다. 사실 나 자신도 이를 안타까워한다. 조금 너그러운 마음으로 이해하면 되는데 하지만 성격상 이를 용납하지 않으니 결국 헤어질 수밖에 없다. 나에게도 문제가 없는 것은 아니라는 자기반성을 하지만 신뢰감의 상실, 우리가 아닌 자신만의 이익을 위한 행동, 상호 작용에 의한 정보의 교환이 아닌 자신의 도움을 위한 자리로 악용되는 것을 알게 되면 나 자신이 절대로 용납되지 않는다. 그래서 인간관계의 다섯 가지 법칙 중에서 짚신의 법칙인 '짚신에도 짝이 있듯이 사람마다 맞는 짝이 있기 마련이다. 그러니 모든 사람을 친구로 만들려 하지 말고 나와 통하는 사람과 친해지는 것이 바람직하다'라는 말이 나에게 한 말처럼 들린다.

상훈商訓

음식점에 식사하러 들어가면 음식점 주인이 생각한 글이거나 누군가 개업 시 선물한 글이 벽에 액자에 걸려있는 것을 종종 본다. 학교에서는 교훈, 반에서는 급훈과 마찬가지로 이러한 글귀를 상훈이라고 생각한다. 중국집은 난해한 한문으로 써 내려간 글은 잘 알 수가 없지만, 대중식당에는 주로 사자성어나 명언 중 주인이 좋아하는 글귀를 걸어 둔다. 손님과의 관계를 적은 판화를 자주 볼 수 있지만 다른 점은 종교에 따라 글귀도 다르다는 점이다.

전원생활 10여 년이 지난 지금 주변에 맛집을 거의 섭렵하였다. 인터넷으로 찾아서 가던지 주변 사람들에게 물어서 가기도 한다. 여름에 자주 가는 곳으로 안흥의 '가마솥 영양탕'에서 '적덕연조'(積德延祚) 글자를 액자 화하여 주방과 연결된 주벽에 걸어 둔 것을 보았다. 뜻을 해석하기도 어려웠지만, 연조의 한문은 읽기조차 어려웠다. 연(延)은 끌 연으로 끌어온다, 받는다. 조(祚)는 복 조이다. 뜻풀이하면 '덕을 쌓으면 복을 받는다'라는 뜻이다. 가게 주인의 마음을 나타낸 글이라는 생각이 든다. 적덕종선(積德種善)을 연상하게 한다.

원주 소초면에 가면 '토정 추어탕'이라고 유명한 추어탕 집이 있다. 가을이면 자주 들락거리는 집이다. 들어가자마자 입구에 '무한 불성(無汗不成)' 땀이 없으면 성공할 수 없다. '노력하지 않으면 성공할 수 없다.'라고도 해석할 수 있다. 그리고 반대편 절에서 볼 수 있는 '일체유심조(一切唯心造)'의 글귀가 액자에 담겨 걸려있다. '모든 것은 마음먹기에 달렸다.'라는 뜻이다. 두 글을 보면서 어렵고 힘들지만, 마음을 고쳐먹고 열심히 땀 흘려 일하다 보면 성공할 수 있다는 주인의 생각을 보여준 글귀라는 생각이다. 이 글귀를 아파트 현장 소장으로 근무하고 있는 큰아들에게 카톡으로 보냈다. 'Know Pain, Know Gain'이라는 답을 보내왔다. '고통 없이는 얻는 게 없다.'라는 뜻으로 노력해야 이루어진다는 무한 불성과 함께 해석이 가능하다.

나이 먹으면서 적덕에 관심을 두게 되고 이를 위해 현재의 삶의 기준으로 삼으려고 하다 보니 이러한 글귀들이 눈에 들어오고 다시 한 번 마음을 다지는 계기가 되고 있다. 나 역시 남에게 배려하는 마음을 물방울이 모여 돌을 뚫는다는 수적석천(水滴石穿)의 생각으로 나머지 인생을 살아가야 한다는 마음을 가진다.

이른 봄

산수유 먼저 피고
자두, 매실 피어나면
느티나무 잎 마지막 나오고
정원이 가득한데
정든 임만 안 보이네

냉이가 먼저 나오고
민들레, 쑥이 나오면
헛개 잎 마지막 나오고
농장이 가득한데
산새들만 안 보이네

칡부터 먼저 캐고
우 슬, 도라지 뿌리 캐면
오디, 질경이 어린순 따서
봄나물 입안에 가득한데
막걸리만 안 보이네

4부

전원생활의 추억

시골 플래카드

요즈음은 플래카드의 전성시대 같다. 도로 주변 특히 사거리는 많은 정치인의 플래카드가 홍수다. 더구나 국가적인 이슈가 생긴 오늘날에는 더욱 그렇다. 일반인은 허가 없이 붙이면 바로 단속반에 의해 제거되기 때문에 붙이지 못한다. 정치인이 붙이는 것은 대국민, 선거구민에게 알려주는 홍보 효과를 고려하여 그냥 두는 것으로 생각된다. 부동산 홍보물에 대하여는 철저히 단속하고 정치적 홍보물에 대하여는 관대하다는 생각이다.

중앙 보훈 병원의 마지막 신검을 받기 위하여 잠깐 경기 광주의 양벌로 올라왔다. 아침 일찍 경안천 주변을 걷기 위하여 빌라촌을 지나가다가 특이한 플래카드를 보았다. 플래카드는 주로 광고용으로 사용하거나 공공 행사의 홍보용으로 사용된다. 그리고 어려운 시험에 합격한 것을 축하하는 축하의 장으로도 활용된다. 자식을 자랑하기 위하여 사용되는 특이한 플래카드는 '제00회 전국여자 선수권 대회 우승'이라는 플래카드이다. 부모의 이름을 쓰고 그 아래 자녀 김** (도시공사) 선수 우승'으로 되어 있다. 축구는 단체 운동인데 개인을 자랑하기 위하여 붙인 것이다. 웃음도 나고 이렇게 자랑까지 해야 하나 하는 생각을 해보았다 어려운 고시에 합격한 아들을 자랑하고 가문의 영광으로 생각하면서 잔치를 벌이기 위해 써 붙인 시대는 지나가고 지금은 너 나 할 것 없이 표현의 자유를 빌려 생각나는 대로 써서 붙이는 형국이다.

더 좋은 예를 들어 보면 시골에서 언젠가 본 플래카드가 생각난다. 시골로 내려오는 길목인 안흥교를 건너자마자 세워진 플래카드 거치 대에는 이런저런 플래카드가 붙어있었다. 제18대 면장*** 취임을 축하한다는 것부터 거치대가 모자랄 정도로 광고성 플래카드가 있었다. 그중 특이한 플래카드는 '월현리 김**의 시인 등단을 축하한다'라는 플래카드를 보고 '시인 등단도 선전 막을 사용하여 자랑할 만한 일이구나. 그렇다면 나도 수필가로 등단한 것이 플래카드에 써 붙일 감이 되는구나'하는 생각을 하게 해주었다.

조금 더 강림 방향으로 오면 양돈장 주변 길거리에 20여 장의 플래카드가 도로를 따라붙어 있다. 원래 양돈장을 하다가 유행성 가축병으로 인하여 잠깐 쉬었다가 다시 양돈을 하려고 하니 지역주민들이 반대하는 플래카드로 데모를 하고 있는 것이다. 도회지에서는 많은 사람을 동원하거나 모여서 데모할 수 있지만, 시골에서는 농사철이고 사람이 없어 플래카드로 대신한다. 대강 읽어 보니 강림면 관련 마을과 단체에서 써 붙인 것이었다. '돼지 똥 냄새로 사람도 농작물도 썩는다' '이제는 그만 돼지 똥 냄새' 등이었다. 사실, 이 길이 주도로여서 모든 사람이 통행하는 곳이기 때문에 지독한 돼지 똥 냄새로 인한 후각의 피해는 말할 것도 없고 머리가 어지러울 지경이다. 미리 창문을 닫고 지나가기 일쑤이지만 어쩌다 맡는 냄새는 삼일 정도 느낄 지경이었다.

최근에는 월현리 백천 농원 입구에 있는 돼지 양돈장 앞에도 현수막이 붙었다. 월현2리 청년회에서 붙인 플래카드의 글귀에는 '돼지 똥 냄새 때문에 사람도 농작물도 썩어간다', '강림면민 모두는 돼지 사육을 반대한다. 사육 더 하고 싶으면 장소 이전하라'라는 내용이었다. '굴러온 돌이 박힌 돌을 뽑아낸다.'라는 속담처럼 원래는 산골짜기 깊은 곳에 만들어진 양돈장이었다. 지금은 주민 십여 세대가 거주하다 보니 냄새로 인한 피해를 줄이려는 주민들의 노력과 원래 양돈장이었음을 확인해주는 양돈장 주인 간의 대립과 갈등이 시작된 것이다.

지난해 오포읍 주민 자치센터에서 운영하는 겨울 학기 수업을 듣기 위하여 오포읍 사무소에 설치된 강의장을 다니고 있었다. 어느 날 수업을 마치고 나오는데 자치센터 입구에서 떠들썩하게 떠드는 소리가 났다. 자세히 알아보니 이장을 추천으로 선발한 게 잘못되었다는 것이다. 이를 시정 하라는 즉, 투표로 선출해야 한다는 요구 사항을 오륙 명이 플래카드와 마이크를 사용하여 읍장을 규탄하고 자신들의 요구가 관철될 때까지 계속하겠다는 모습을 보았다. 신기한 일이라도 난 듯 한참을 유심히 보고 사진도 찍어두었다. 이장은 동네 심부름꾼이라 할 정도로 봉사직이라는 생각을 하고 있다. 그러나 지금은 많이 바뀐 것이다. 가만히 보면 읍·면 행정을 이장의 추천으로 하다 보니 이장의 일언이 황금의 일언이 되었다. 도로포장에서부터 생활복지시설 지원까지 모두 이장하기 나름이다. 그래서 연로한 동네 노인들은 이장이 하는 일에 대하여 거부를 못 하는 것이다. 이장을 잘 뽑아야 한다는 생각이 든다.

면에 민원 전화를 하면 반·이장을 통해서 민원을 제기하라는 말을 할 정도이니 서로 이장을 하려고 한다. 관변 단체가 써 붙인 광주시 이장 협의회장 취임 축하 플래카드가 오포읍 이곳저곳에 나부낀다. 오포읍 협의회장이 광주시 이장 협의회장이 되었기 때문이다.

도회지로부터 귀촌하여 생활하고 있는 사람들은 주변에서 일어나는 이러한 일들에 대해 이해가 쉽지 않은 것이다. 동장이 새로 부임해도 누군지 모르고 통·반장을 알 필요도 없다. 행정 복지센터 민원실로 찾아가면 자신의 문제를 해결할 수 있기 때문이다. 도회지와 시골의 차이점이 시골은 아직도 사람이 사는 동네라는 점을 알 수 있다.

플래카드는 프랑카드 또는 현수막(懸垂幕, banner)이라고도 불리며, 달 현(懸), 드리울 수(垂), 장막 막(幕)으로 '선전문(宣傳文)·구호문(口號文) 따위를 적어 세로나 가로로 길게 매단 천'이란 뜻이다. 손녀가 국제 중학교에 합격해서 이번에 입학하게 되었으니 플래카드로 알려야 하지 않을까 하는 생각을 해본다. 모든 국민에게 희망을 주는 재미있는 문구로 만들어진 플래카드를 기대한다. 집마다 대문에 플래카드를 붙이는 날이 올 것 같은 기분이다. 플래카드를 보면 쓰인 글자대로 행위가 일어나고 있는 것을 연상할 수 있듯이 양돈장 주변의 플래카드에서 숨을 죽이는 이유는 무엇일까?

밥 먹자

처음 만난 사람이긴 하지만 헤어지기 아쉬운 사람이나 오랜만에 만난 친구와 헤어질 때 우리는 의례적으로 "언제 밥 한번 먹읍시다."라고 이야기하든지 좀 더 예의를 차려 "언제 식사라도 한번 함께 하시죠."라고 인사를 건넨다.

서로 간의 정을 계속 이어 나가기 위해서라도 또는 소통하면서 새로운 정을 쌓아 가기 위해서 밥 먹기를 약속한다. 함께 매일 식사를 하는 사람을 식구라 한다. 가족보다 더 친하고, 식사하면서 서로 간의 의사를 소통함으로써 더욱더 정을 쌓아 가는 것이다. 인간관계 형성의 기본이 되는 것이 밥을 함께 먹는 것이다.

'밥 먹을 때는 개도 안 건드린다.'라는 말은 식사하면서 잘못한 일에 대한 꾸중이나 잔소리를 하지 말라는 이야기다. 식사 중에 이런 일을 하게 되면 음식이 제대로 소화되지 못하는 일이 발생할 것을 우려한 나머지 생겨난 속담일 것이다.

밥상머리 교육이란 밥을 먹으면서 웃어른으로부터 삶의 유익한 조언을 듣고 이를 인생의 보약처럼 사용하는 것이다. 학생은 인생교육의 장이요, 어른은 삶의 경험을 배우는 곳이기도 하다. 말없이 밥을 먹는 것이 아닌 서로 간의 마음속 이야기로부터 세상살이에 관한 갖가지 문제에 대한 해답을 얻을 수 있는 소통과 기회의 장이 되기도 한다. 밥 먹자 해서 함께 식사하는 자리에서 맛있게 먹는 사람과 같이 식사하게 되면 자신도 맛있게 먹게 된다. 그러나 깨작 깨작 먹는 모습을 보노라면 자신마저도 밥맛이 떨어진다. 동네 후배인 이 씨와 함께 식사하면서 이야기를 나누면 정말 맛있는 식사를 한다. 볼이 불룩해지면서 연신 응대를 하는 모습이 맛있게 먹는 모습이다. 덩달아 맛있고 즐겁게 먹게 된다.

시골에 있는 황 여사는 함께 밥을 먹기를 기피하는 일 순위이다. 몇 숟가락 먹지도 않지만, 도무지 제대로 먹는 음식이 없다. 자신이 메뉴를 선정해도 마찬가지다. 더구나 최근에는 암 환자이면서 먹기를 게을리한다고 한다. 마룻바닥에 요 깔고 누워 지내는 게 상수다. 남편이 밥을 해주고 반찬을 만들어 주면 한 숟가락 먹고는 숟가락을 놓는다고 한다. 잘 먹고 걸어야 살 수 있다고 주변 사람이 말해도 아무 소용이 없다. 항암치료 중인 환자의 자세가 아니다. 걱정하는 가족들 생각을 해야지 자식들이야 멀리 있어 안 보니깐 그래도 나은 편이다. 함께 식사하는 남편도 밥을 먹지 못하니 정말 답답한 일이 아닐 수 없다.

새로 시골에 이사한 이웃집 배 소장이 오늘 점심은 자신이 내겠다고 한다. 마침 부인도 오고 해서 함께 신림까지 가서 식사하였다. 세 가족이 모처럼 모여서 이런저런 이야기를 하면서 서로 간정을 나누고 공통 관심사를 찾는다. 아무래도 건강에 관한 이야기가 먼저다. 그러니 암 환자로서 식사 메뉴에 관한 이야기부터 한다. 특히 당 지수에 대해 서로 이야기를 나누었다. 그리고 취미 생활에 관해 이야기하였다. 배 소장과 나는 배드민턴 동호회를 함께 나가고 있으니 이 사장도 나올 것을 권유하고 새로 이사한 이 사장은 골프 치기를 권유하였다. 서로 간의 정을 더욱더 오래 나누기 위한 일차적인 의견 교환이다. 치료받으러 병원에 가기로 한 날이므로 식사 후 바로 광주로 올라왔다. 같이 밥 한번 먹기가 어려운 일이 되고 있다. 새로 귀촌 한 사람의 초대에 응해야 할지가 잘 판단이 안 된다. 사실 사람과의 정을 나누자는 것이기 때문이다.

수원 참전용사들의 모임은 먼저 무엇을 먹을 것인가를 정한다. 광교산 보리밥을 먹든지 아니면 의왕의 왕송저수지 추어탕을 먹을 건지, 연무동의 메기찜을 먹을 것인지를 결정한 후 주변 걷기 코스를 걷는다. 걸으면서 우선 최근 자신의 주변에 일어난 일들을 이야기하면서 공통 관심 사항을 전달하는 소통의 장을 갖는 것이다.

식사 시간에는 그래도 꽤 심각하다는 가족사를 서로 의논하여 자신의 결심이 맞는지를 확인하는 대화를 하는 경우가 많다. 예를 들면 딸이 마흔이 넘어도 결혼할 생각을 안 한다든지, 집에서 나가 독립적인 생활을 했으면 좋겠다는 이야기 등이다. 밥은 걷기 후 먹으니 맛있다. 그리고 서로의 정을 담아서 먹으니 더욱 좋다.

　시골 동네 밥 먹기 모임도 세 개나 된다. 하나는 나이 먹은 그리고 가장 오래된 모임으로 장 반장과의 식사 모임이다. 거의 2주에 한 번 정도 밥을 함께 먹는다. 오늘은 새말 방향으로 아니면 둔내 쪽으로 간다. 다음은 황둔, 영월 방향으로 가는 코스를 정하여 막국수, 묵밥, 오리고기, 생선찜 등을 먹는다. 밥을 먼저 먹자는 사람이 정하여 결정한다. 시골에서의 대화는 주로 농사 이야기부터 시작한다. 감자 캘 시기가 지나지 않았느냐로 시작하여 들깨 심었는가, 그리고 농산물 가격정보 등이다. 동네 돌아가는 이야기부터 누가 새로 귀촌했는지 그리고 건강과 가족에 관한 이야기를 나눈다. 항상 같은 이야기의 반복이라 특별한 정보는 없다. 시골 동네 이웃 모임은 유사를 정하여 밥 먹는 시간을 갖는다. 네 명의 가족이 모이는 모임과 세 명의 가족이 모이는 모임의 두 분류가 있다. 네 집 모임은 칠십을 넘긴 사람들의 모임이고 세 집 모임은 육십 대의 모임이다. 누가 한번 밥을 사면 그냥 넘어가지 않는다. 다음은 자신의 차례라고 서로 주장한다. 그리고 만나는 일정을 잡기가 쉽지 않다. 모두가 농사일도 그렇지만 외지에서 손님들이 놀러 오기 때문이다. 먼저 건강 이야기부터 한다. 귀촌은 곧 건강을 지키기 위한 수단으로 이곳에 와있으니 당연하다. 특히 암 환자로서의 먹는 음식에 관한 이야기부터 병원 진료의 결과에 이르기까지 서로의 그간 병마와 싸운 결과에 관해 이야기를 나누고 자신이 키운 농산물의 요리법에 대하여 이야기꽃을 피운다. 소통의 장이 되고 웃음꽃이 핀다. 가장 멀리하는 이야기는 정치에 관한 이야기와 종교에 관한 것이다. 가장 가까이하는 이야기는 농사짓기와 여행 경험담이다. 가족에 관한 이야기는 항상 꺼린다. 너무 깊은 이야기는 결국 그만큼 정이 들었다는 방증이기 때문이다. 외지에서 온 사람들이라 인간관계에서 조금은 경계선을 긋고 있는 것이다.

'밥은 곧 정이요, 밥을 함께 먹는 것은 소통의 장이다.' 밥 한번 먹는 일은 곧 서로 간의 정을 나누는 일이다. 얼굴을 마주 보면서 이야기를 하고 함께 살아가면서 즐거움도 슬픔도 함께하자는 의미가 되고 있다. 이웃 간에도 친구 간에도 새로 귀촌 한 사람과도 밥을 먹으면서 정이 쌓인다. 오늘도 시원한 막국수 먹으러 간다. 국수처럼 길게 오랫동안 정을 나누며 살고 싶다.

말하고 싶다

나이 먹으니 누구한테서 전화 오는 일도 거의 없다. 기껏해야 아들이 한 달에 한두 번 정도 안부 전화가 오는 게 고작이다. 더구나 시골에서 지내다 보니 서로 만나 말할 사람이 없다. 이웃이 있긴 하지만 거리가 많이 떨어지고 서로의 생활을 존중해야 하기 때문이다. 시골을 찾아오는 손님들이 방문하면 갈 수도 없다. 그러다 보니 이웃 간의 정을 나눌 기회가 적어진다. 전원 생활하러 온 대부분의 사람들은 몸이 불편한 점도 있지만, 남에게 자신이 처한 현재 상황을 나타내지 않으려 한다. 이러다 보니 어쩌다 한번 만나기도 하지만 기껏해야 카톡으로 연락하는 게 전부다.

외로움을 떨쳐 버리기 위해 말을 하고 싶은 집사람은 상추나 미나리를 뜯어서 동해에서 이곳으로 이사한 김 농부 집으로 가정방문을 간다. 그곳에서 이런 일 저런 일에 관한 이야기를 하고 지낸다. 주로 아픈 곳에 관한 이야기, 가족사에 관한 이야기를 하거나 아니면 농사에 관한 이야기, 자신이 잘하고 있는 양봉에 관한 이야기로 늦게까지 이야기를 나눈다. 박 시인의 아주머니는 너무 말이 많다고들 한다. 상대가 누구든 상관없이 자기 남편으로부터 시작하여 친인척에 관한 이야기를 처음부터 끝까지 상대방에게 기회를 주지 않고 숨 쉬는 것 빼고는 말을 한다. 아마 박 시인이 퇴직후 잘못하여 이곳 시골에 억지로 오게 된 가슴 아픈 사연은 두고두고 이야기해도 속이 안 풀리는 일이다. 그래도 피하지 않고 이해를 하면서 듣는다. 최 반장 부인은 자신이 현재 처한 상황을 나열식으로 이야기한다. 재혼하여 20년이 지났고 낳지는 않았지만, 자식들을 자신이 모두 결혼시키고 집도 자신의 힘으로 짓고 산다는 이야기 그리고 마음에 안 드는 그간의 일들에 대한 불평을 하소연식으로 한다. 이분들이 이야기하는 게 결국은 같은 테이프를 틀어 놓은 것처럼 반복되고 뻑뻑거리기도 하고 느리기도 하지만 줄거리는 같다. 그래도 말을 해야 속이 시원한가 본다.

여자분들은 서로 간 대화를 쉽게 한다. 목욕탕에서도 이런저런 이야기를 듣고 나와서 전달하는 걸 들어 보면 대부분이 현재의 처한 상황에 관한 이야기부터 한다. 그리고 살아가면서 느낀 자신에 관한 이야기를 하고 서로 등도 밀어주고 한다. 남자들은 목에 힘주고 말을 잘하려고 하지 않는다. '네가 먼저 해라, 그러면 답을 하마.'하는 방어 자세로 모두 대기 상태이다. 특히 여자분 들은 말을 하지 않으면 입이 근질거리나 보다. 말을 하고 살아야 하는가 보다. 말은 상대가 있어야 가능하다. 시골에서는 상대가 만나기 어렵고 말하기가 조심스럽다. 서로 간에 잘 알지 못하기 때문이다. 나이 먹은 사람의 화젯거리는 동류의식을 느끼는 일부터 시작하여 그간 살아오면서 느낀 희로애락 중 고생한 인생사, 가족의 살아가는 모습을 나타내는 가족사 그리고 요즈음 돌아가고 있는 특히 경제적인 문제의 세상사가 주류를 이룬다.

3년 전에 우리 집 아래 살았던 이 사장이 자기의 집 위에 사는 동서 집을 방문하여 동네 구경을 간다고 집 앞을 지나갔다. 우리 집 사람이 만나 서로 인사를 하는 가운데에서 집사람 "얼굴이 좋습니다."라고 하니 "서울에 사니깐 그러죠, 뭐"라고 대답하면서 하는 말이 "하 사장은 아프다고 했는데 조금 나아졌는지?" 하고 묻더라는 것이다. '내가 아픈지 어떻게 알았는지, 누구에게 들었는지, 이 사장에게까지 소문이 났을까?' 하고 생각해 본다. 시골에 거주할 때도 서로 말을 섞는 일이 드물었다. 낮말은 새가 듣고 밤말은 쥐가 듣는다는 말을 상기해본다. '동서가 전달했을 텐데, 동서는 누구에게 들었을까?' 생각해 봐도 알 수 없다. 사실이니 더 이상 따져봐야 소용없는 일이다. 말을 조심해야 한다. 입을 떠난 말은 다시 입속으로 담을 수 없다.

이 사장 집을 구매하여 새로 이사 온 김 사장을 처음 만난 자리에서 물탱크의 사용요령을 가르쳐 주려고 하니 다 알고 있다고 한마디로 거절한다. 새로 온 사람에 관한 호의로 설명해 주는 것인데

거절하니 대화를 단절하게 된다. 나중에 안 일이지만 농어촌 개발 공사에서 퇴직한 분이니 잘 알기는 하겠지만 남의 호의를 거절하는 말이 듣기 거북하였다. 어려운 일이긴 하지만 알고 있었다고 해도 그냥 '예 고맙습니다' 하고 들으면 안 되었을까 하는 생각을 해본다. 남의 말을 중간에서 자르거나 이야기 중 반박을 하면 상대방이 얼마나 민망할까 하고 생각하게 된다. 말을 잘하면 천 냥 빚도 갚을 수 있지만, 반대로 비수로 변할 수도 있다는 속담처럼, 희망과 격려의 말을 많이 하는 게 나이 먹은 사람에게는 더욱 중요하다.

시골에 온 지 십여 년이 지났지만, 이야기를 서로 나누는 사람은 손꼽을 정도다. 술을 못 먹으니 더욱 그 숫자는 줄어든다. 이곳에서 회원으로 참여하고 있는 월남 참전 전우회에서도 마찬가지이다. 만나서 이야기를 나누기보다는 밥 먹고 술 한잔하고 헤어지는 게 고작이다. 더구나 외지에서 들어온 사람과의 대화는 꺼린다. 나는 외지에서 전입해 온 장교 출신이고 술을 못하니 더욱 대화의 상대가 없다. 그러니 3년이 지나도 제대로 얼굴을 알지 못한다. 언젠가는 알게 되겠지 하는 막연한 생각으로 지낸다. 부녀회의 회원인 아내를 통한 대화의 통로를 개설하는 게 더욱 빠르다.

이야기를 주고받는다는 게 얼마나 중요한가는 혼자 사시는 연세 많은 할머니의 사람 그리움을 느껴 봐야 할 것이다. 조 씨 할머니는 마루에 앉아 집 앞을 지나가는 사람 아무나 붙들고 커피 한잔하고 가라고 한다. 다행히 이에 응하여 서로 마루에 걸쳐 앉아서 이야기 나누기를 간절히 원한다. 말하고 싶은 사람의 욕구는 혼자가 아니고 다른 사람이 같이 생각하고 함께 살아가고 있다는 생각을 하게 해준다. '말 안 하면 귀신도 모른다.'라는 속담이 있다. 수다쟁이든, 반복되는 이야기든 상관없이 서로 말을 주고받는 일이 매일 계속되기를 바란다. 그러나 말하고 싶은 충동을 참을 수 있어야 한다. 생각을 전부 말해 버리면 말의 의미가 말의 무게가 여물지 않는다. 말의 무게가 없는 언어는 상대방에게 메아리가 없다. 말의 의미가 안에서 여물도록 침묵의 여과기에서 걸러 받을 수 있어야 한다. 오늘도 누구를 만나서 즐거운 이야기를 나눌 수 있을까 하고 생각해 본다.

무거운 결심

 올해 4월과 6월에 시골 마을에서 이웃하고 사는 두 분이 하늘로 갔다. 함께 지내던 분들이라 추모하는 생각이 지워지지 않는다. 그분들의 죽음의 원인은 폐암이라는 질병이지만 죽음에 임하는 마음가짐이 각각 다르면서도 동일한 것은 마음의 무거운 결심이라는 사실을 알게 되었다. 암 환자임을 생각하면서 코로나 19의 유행으로 문상도 못 한 죄송스러운 마음을 이렇게 글을 통하여 마음의 짐을 지워 보려고 한다.

 죽기로 마음을 먹었나 보다. 주위 사람들이 조금이라도 걸어서 다니기를 권한다. 전해오는 이야기로 "사람이 먹고 걸을 수만 있으면 살 수 있다."라는 이야기를 하면서 걷기를 요구해도 소용이 없다. 집 앞마당이라도 아니면 방안이라도 걸으라고 이야기를 해도 걷지를 않는다. 거실에 아예 이불을 펴고 누워서 지내고 있다. 남편이 해주는 식사는 마음에 들지 않은 지 먹지도 않고 앙탈을 부리면서 외식만 하려고 한다. 외식마저도 까다롭게 한다. 오리고기를 먹는 것도 쥐꼬리만큼 먹고 나면 안 먹는다. 그리곤 또 다른 생각나는 음식을 먹으라고 한다. 많이 먹지 않고 조금 먹고는 안 받는다고 하면서 사양한다. 그리고 자신이 믿는 원주 한약방의 약을 낮지도 않으면서 먹는다. 이웃에 있는 이종 조카며느리의 지독한 만성병도 본인이 뒷바라지해서 지금은 어느 정도 걷기도 하고 식사도 하는 상황까지 오게 한 분이 자신의 병은 죽음으로 갚을 생각인가 보다.

우연히 보건소에서 실시한 건강진단에서 폐에 이상을 발견하게되었다. 이를 무시하고 감기인 줄 알고 횡성에 있는 내과병원에 다녀왔다. 안흥 우리 의원에서 엑스레이를 다시 찍은 결과를 보고 원장이 큰 병원으로 가기를 권유하여 원주 대형 병원에서 검사 후 폐암 3기까지 진행된 상태라는 사실을 알게 되었다. 결국, 입원하여 치료를 받게 되었다고 한다. 폐암은 다른 암과 달리 통증이 없고 본인이 알게 되었을 때가 보통 3기로 진행된 상태라고 한다.

자신이 가지고 있던 돈도 패물도 자식들에게 나누어 주고 있는 모습을 함께 식사하면서 보았다. 며느리와 자식들은 나중에 주면 된다고 한사코 받기를 거부하지만 어쩔 수 없이 받으면서도 마음이 아픈지 눈물부터 앞세운다.

이웃 마을의 윤 사장과 동일한 병과 진행 정도를 함께 하지만 윤 사장은 서울 병원을 오르내리면서 치료에 열심이다. 하긴 나이가 60대 초반이니 70대 중반인 황 여사보다는 아직 살아갈 날이 많이 남았다. 이런 윤 사장과 비교했을 때 죽음을 결심하지 않았는가 싶을 정도의 몸과 마음가짐을 이야기한다. 가까이서 관찰했을 때 살려는 생각보다 죽음을 받아들이기로 한 결심이 섰다는 생각이다. 움직이지를 않고 먹지를 않으면 살 수가 없다. 매일 거실에서 누워 지내면서 꿈쩍 안 하려 하니 병원에서도 어쩔 수가 없나 보다. 결국, 일 년이라는 세월을 보낸 후 본인이 원하던 죽음을 맞이하게 되었다.

윤 사장은 처음에는 심장이 안 좋아서 회사도 그만두고 시골구석을 찾아서 왔다고 했다. 시골에서 요양도 할 겸 해서 우연히 이곳으로 오게 되었다. 심장 치료하러 다니던 사람이 어느 날 폐암 3기라는 진단을 받고 조금 지나니 임파선으로 전이되어 전이암이 생겼다고 하면서 이래저래 같은 병원에 다니며 치료를 하였다. 다른 병원엘 한번 가서 진단을 다시 받기도 권유하였다. 의사가 친절하고 설명 잘해준다는 말만 하면서 다니던 병원만을 다녔다.

치료 방법도 처음에는 약으로 치료하다가 항암 주사로 치료하여 머리가 빠지는 현상까지 나타났다. 얼마 후 방사선치료를 받고 마지막에는 면역 치료를 한다고 했다. 병원에서 할 수 있는 치료는 다 했다고 한다. 결국, 병원에서 호스피스 병동으로 이동할 것을 권유하기에 이르렀다고 한다. 이러한 이야기를 본인에게 나중엔 결국은 할 수밖에 없었다고 한다. 아쉬운 점은 동생이 자연치유 치료사로 밀양에서 같은 환자들을 치유하고 있었다. 그래서 형님에게 자연 치유되는 약을 구해주기도 하고 함께 가서 마지막으로 자연치유 할 것을 권해도 도무지 따라 주지 않는다. 동생은 형의 그러한 태도에 화가 나서 다시는 오지 않겠다고 하면서 돌아갔다고 한다.

면역 치료받을 정도면 동생에게 마지막을 의탁하여 치료를 받아 보았으면 하는 생각이다. 이를 권해도 원래 고집이 세고 자신을 믿는 분이라 따르지 않았다. 결국, 그 집에서 키우던 개가 특별한 질환 없이 죽고 나서 일주일 후에 돌아가셨다는 연락을 받았다. 옆에서 간호하던 아내의 말에 의하면 개가 죽었다는 소식을 듣고 곡기를 끊었다고 한다. 결국, 자기 죽음을 예견하여 행한 행동으로 보인다. 병원 다닌 지 3여 년 만에, 하늘로 가게 되었다.

함께 생활을 많이 한 윤 사장은 두고두고 생각이 난다. 강릉 국군 휴양소, 삼척 단풍 구경, 수타사 둘레길, 인제 자작나무 숲 등등 많은 관광을 함께하면서 즐겁게 지낸 세월이 아쉽다. 올해는 삼척에 있는 덕풍계곡 데크 마루 길을 가기로 했는데 결국 못 가고 말았다.

사람이 한번 마음먹으면 죽음도 불사한다는 작은 진리를 엿볼 수 있다. 부녀회장의 죽음을 받아들이겠다는 결심과 자신이 다니던 병원을 믿고 결국 동생의 권유도 뿌리치고 그 병원에서 죽음을 맞이한 윤 사장의 행동은 마음의 결심에서 나온 것이다. 부녀회장은 먼저 죽기를 작정하였으나 윤 사장은 살고자 하였다. 하지만 아집과 자만이 죽음으로 가게 하지 않았는가 싶다. "하 사장 집으로 밥 먹으러 와라."라는 부녀회장의 말도 들을 수 없다. 윤 사장의 죽음은 아쉬움이 많이 남는다. 아직 젊은 나이이니 더욱 그렇고 관광 가이드도 없고 함께 구경 다닐 친구도 없어 더욱 서운하다. 삼가 고인 두 분의 명복을 빈다.

삶의 창을 열다

코로나 19 시대에 살면서 따가운 햇볕 속에서도 마스크를 써야 하는 형편이라면 어떻게 살아가야 하나는 생각을 해본다. 다행히 시골에서 에어컨 틀고 방에 누워서 한숨 잘 수 있는 형편이 된 것이 얼마나 고마운지, 배드민턴 할 때도 마스크를 써야지만 대부분 턱스크나 코스크를 하고 운동을 한다. 이곳은 그래도 코로나 19가 조금 멀게 느껴지는 산골이다.

새벽 4시가 넘으면 바로 눈을 뜨고 일어난다. 따뜻한 물 두 잔을 마시고 최근에 김 국장 덕분에 마음이 시원해진 변기에 앉아 볼일을 보고 나면 하루의 일과 중 가장 중요한 걷기 운동을 하러 나간다. 월현2리 마을회관까지 걸어서 가면 약 45분 정도가 소요된다. 중간 4회 정도 가드레일에 의지하여 팔 굽혀 펴기를 20회씩 하면서 걸어간다. 복날을 무사히 넘긴 겁둥이는 반가움을 나타내기 위하여 짖고 또 짖는다. 옆에 있는 노랑이도 함께 짖는다. 갈 때는 짖지만 돌아올 때는 꼬리만 흔든다. 반가움을 나타내는 것을 알 수 있다.

참깨가 꼿꼿하게 잘 자라고 있고 고추도 무지하게 많이 열린 곳을 지나가면 용산 청과물 시장에서 도매상을 하다가 이곳으로 귀촌한 김 사장을 만난다. "안녕하세요."로 서로 간 인사를 하고 지나친다. 정성을 많이 들여 참깨가 잘 자라는 것 같다는 칭찬도 잊지 않고 한다. 약간의 마루 고개를 지나면 아침밥 달라는 소들의 울음소리가 요란한 목장을 지나 소공원에 도착한다. 공원 안에 있던 탁자는 치워지고 없다. 조그마한 소공원에 여름에는 텐트를 치고 숙영을 하는 사람들이 있어 아마 치웠는가 보다. 숙영도 문제지만 이들이 버리는 오물 때문에 더 골치가 아프다. 담배꽁초는 말할 것도 없고 먹다 남은 음식 찌꺼기 등 오물을 버리고 간다. 쓰레기는 되가져가라는 플래카드와 숙영, 취사 금지를 알리는 플래카드만이 각 소공원에서 나부끼고 있다.

목적지인 월현2리 마을회관은 사용하지 않고 폐쇄되어 있다. 시대에는 사용 불가여서 아무도 오지 않는 곳이기도 하다. 마당에 있는 전기차 충전 장비가 시골이라도 전기차를 타고 다닐 수 있는 시설이 되어 있음을 알 수 있다. 이곳에도 전기 화물차가 보급되어 농민들도 사용하고 있다. 스마트폰을 꺼내 몇 보를 걸었는지 확인한다. 4,500보를 걸어왔다. 돌아서 가면 9,000보는 될 것이다. 12,000보를 채워야 '면 건강관리 위원회'에서 주는 오천 원권 강원도 상품권을 받을 수 있다. 의자를 이용한 다리 굽혀 펴기를 20회하고 나서 숨 고르기 운동을 하고 되돌아간다. 봄배추 수확이 끝난 들에서는 김장배추 심을 준비에 한창 바쁘다. 트랙터가 새벽부터 밭을 정리하고 있다. 골을 만들고 멀칭을 한 후 모종을 심으면 배추가 자라는 푸른 농장이 되겠지. 노들 대교를 건너면 동네 소공원이 있다. 약간의 생활운동기구를 설치되어있으나 사용하는 사람은 드물다. 그러나 '이곳에 쓰레기를 버리는 몰지각한 사람들이 누굴까' 하고 생각하게 된다. 피서객이라면 펜션에 온 사람들일 것이다. 사진을 찍어 반장에게 전송하였다. 하나의 쓰레기봉투를 누군가 버리면 다른 사람들이 계속 쓰레기봉투를 버린다. 감시 감독도 중요하지만, 기본적인 생활수칙을 지키는 사람들이 아쉽다. 요즈음 초등학교에서 공중도덕에 대해 가르치지 않는지 궁금하다. 자신만을 위한 행위가 문제다.

집으로 들어오는 길목 밭에는 어제 수확하고 버린 감자들이 널려있는 모습을 보고 옛날에는 주워다 먹을 수도 있는데 하는 마음이 갈등을 느끼게 한다. 홍 선생 집 뒷길을 걸어오니 홍 선생이 이른 아침부터 나무에 물을 주고 있다. 일전에 길옆으로 안전 가드레일을 설치할 것을 동네 풀베기 봉사모임에서 들은 후 면장에게 건의해주어서 그런지 반갑게 인사를 한다. 이곳에 살아오면서 그간 동네 주민을 돌아보면 13여 년의 세월 속에 처음 함께 지내던 분들이 거의 다 바뀌고 있다. 윤 사장은 작년에 폐암으로 먼저 하늘로 가고 앞집의 월남 참전 동지인 이 사장은 서원주로 이사를 가버리고 아랫집 박 사장도 용인으로 귀도 하였다.

　어제는 길을 가던 차가 멈추고 노 선생이 내려서 인사를 한다. 그리고 십여 년을 팔려고 내놓은 집이 팔았다고 하면서 오늘 계약을 하고 마음 편히 수원에 간다는 말과 함께 다시 들리겠다고 한다. 가격은 엄청 차이가 많은 금액이라 듣자니 답답하였다. 노 선생마저 이제 집 팔았으니 떠나가고 그러면 남는 사람은 나하고 윤 교수가 있을 뿐이다. 홍 선생과 함께 귀촌했다가 다시 귀도를 한 사람들의 이야기를 나누면서 세월의 무상함과 동네 연세 많은분들이 장수해주어야 우리도 그분들의 장수 벽에 의해 오랫동안 살아갈 수 있다는 생각을 대화로 나누면서 웃을 수 있었다.

　집 마당의 작은 잔디밭은 뜨거운 햇볕으로 인하여 타면서 죽어간다. 계속 더운 날씨가 이어지고 있다. 소나무 가지치기는 소나무를 가지만 남게 하는 조형이 요즈음 유행하는 모습이라 풍성한 소나무의 모습은 보기 힘들다. 집사람이 꽃을 좋아하다 보니 '구육이'를 이곳저곳에서 얻어다 새로 만든 화단에 심고 생일에 며느리로부터 선물 받은 수국꽃으로 화단을 조성하여 그런 되로 집 입구의 모습이 보기 좋게 만들어졌다. 오래된 집의 주변을 물로 씻고 챙도 새로 달고 구육이 화분들을 진열해놓으니 새로운 맛이 난다. 집 위에 있는 조그마한 밭의 땅콩을 멀칭 한 비닐을 찢고 흙을 돋아주고 집안의 오이넝쿨을 정리해주면 아침 일과가 끝이다. 다만 농장에 일이 있을 때는 새벽에 걷기 운동을 생략하고 바로 농장엘 간다. 그리고 8시까지 일하고 돌아온다. 아침 식사는 각종 채소로 만든 나물로 먹고 나면 티브이의 인간극장과 아침 마당을 보면서 소파에서 졸면서 오전을 보낸다.

나의 요즈음 하루의 문을 여는 일이란 이른 새벽부터 건강관리를 위해 열심히 운동하면서 살아가는 것이다. 세월을 아껴 쓰고 후회하는 삶이 되지 않도록 하루하루가 보람찬 나날이 되도록 항상 노력하면서 살고 있다고 생각한다.

잡초

잡초(雜草)는 주로 산과 들판에 알아서 번식하는 잡다한 풀들을 뜻한다. 나무 버전으로는 잡목이다. 인간에 의해 재배되는 식물이 아니라는 뜻이지, 결코 나쁜 의미거나 특정한 식물종을 분류하는 용어는 아니다.

비록 갈대나 산딸기, 쑥처럼 나름대로 유용한 종도 있지만, 대부분은 별다른 쓰임이 없는 주제에 번식력도 왕성해서 농업에선 재배 중인 작물의 영양소를 뺏어 먹는 건 물론이요, 잎사귀나 줄기가 작물을 뒤덮으면 성장은 물론 생존까지 방해하기에 농약을 쓰거나 제초 작업을 해야 할 정도로 아주 주적 취급을 받는다. 하지만 잡초의 씨앗은 기본 몇 년, 혹은 수십 년을 땅속에서 버티는 능력이 있어 근절하는 건 거의 불가능하다.

하지만 잡초라고 해서 전혀 없으면 안 되는데, 뿌리를 깊이 내리기 때문에 땅속 깊숙한 곳에서 영양 염류를 퍼 올리는 역할을 하며 땅을 섬유화시켜서 표토층을 보호하는 역할을 하기 때문이다. 기후가 건조한 미국 텍사스의 한 과수원에서는 잡초 때문에 골머리를 앓자 주변의 잡초를 아예 씨를 말려버렸더니 극심한 토양침식과 모래바람으로 몇 년 치 농사를 망쳤다고 한다. 그래서 지금도 그 근방에서는 과수 사이에 잡초를 키워둔다.

소나 양을 키우는 데 있어선 중요한 역할을 한다. 비록 소가 잘 먹는 풀이라고 할지라도 방목을 하는 목초지에선 잡초가 소의 배설물을 분해해 토양이 더 기름지도록 도와주며 그를 이용해 폭풍 성장한 식물은 또다시 소들의 맛 좋은 먹이가 된다. 또한, 목초가 더 이상 자랄 수 없는 땅에서도 잡초는 질긴 생명력 덕분에 어떻게 돼도 자라서 목초에 자리를 내어준다. 또한, 그늘을 만들어 토양의 건조를 지연시켜 황폐화를 막아준다. 당장 잡초가 없어 사막화되는 몽골의 유목지를 보면 잡초가 얼마나 고마운지 알 수 있다.

농사에서 잡초는 큰 골칫거리다. 특히 과수농가의 경우 봄기운이 채 시작되기도 전인 이른 봄부터 시작해 식물들이 한세대를 마감하는 늦가을까지 잡초와의 전쟁을 치른다. 순천시농업기술센터에서 1999년에 발간한 '잡초도감'에 따르면 잡초는 '인간이 농작물을 재배하는데 직·간접적으로 피해를 주어 농산물 생산을 감소시키고 생산물의 경제적 가치를 저하시키는 작물 이외의 식물'이라고 정의해 놓았다.

결국, 농경지에서 작물을 재배하던 중에 그 작물의 생장을 방해하거나 논과 밭의 영양분을 도둑질해 간다면 그 풀이 바로 잡초일 것이다. 그래서 산야에서 자라는 예쁜 야생화도 논, 밭, 과수원에 뿌리내리면 여지없이 새싹부터 호미질에 뽑히거나 경작자들의 여러 가지 방법으로 죽임을 당해야 한다. 그래도 호미나 낫을 동원한 잡초제거 작업은 다행이다. 초강력 제초제를 사용하기도 한다. 아예 뿌리를 내릴 수 없고 햇볕을 받지 못하도록 다양한 기능의 비닐 멀칭이나 제초매트를 사용하기도 한다.

인생살이에서도 '잡초'는 여러 가지로 회자 된다. 흔히 잡초 같은 인생이라 한다. 짓밟히고 뽑혀도 강인한 생명력으로 버텨나가는 잡초처럼 온갖 고난을 이겨낸 사람을 일컫는다. '잡초'라는 유행가도 있다. 가사에는 '이것저것 아무것도 없는 잡초'라고 돼 있다. 잡초라는 단어가 좋게 쓰인 경우다.

2003년 5월, 故 노무현 전 대통령이 국민에게 보낸 편지에서 '잡초 같은 정치인을 뽑아내 달라'고 해 여의도가 한바탕 뒤집힌 적이 있다. 여기서 적시한 잡초 같은 정치인의 4가지 유형이 화제였다. 사리사욕에 빠진 정치인, 개혁의 발목을 잡는 정치인, 지역감정으로 득을 보려는 정치인, 안보를 정략적으로 이용하는 정치인. "선량한 곡식에 피해를 주는 잡초는 뽑아내야 한다."고 역설했다. '잡초도감'에서 정의했던 '농경지, 곡식 피해, 제거 대상인 잡초'를 빗대 그 제거를 주장한 것이니 정치인들이 노발대발한 것이다. 잡초라는 소리를 듣는 정치인들이 기분 나빠하는 걸 보니 제대로 쓰인 경우다. 그 잡초정치인들이 아직 끈질긴 생명력으로 대한민국의 정치를 쥐락펴락하고 있는지도 모른다.

지역사회나 공직사회, 직장에서도 스스로 잡초 같다고 생각하는 사람들이 있다. 제거해야 할 잡초인지, 강인한 생명력으로 버텨나가는 인간 승리인지는 모를 일이다. 얻은 것, 가진 것도 아무것도 없는 잡초지만 온갖 고난과 시련에도 생명력을 유지해 나가겠다고 생각할 것이다. 그러나 농경지나 사람 사는 세상에서 잡초제거 작업은 날이 갈수록 발전해 나간다. 선거철에 낙선운동이나 공직사회의 다면평가, 업무 계량화에 의한 평가가 농작물과 잡초를 구분하는 기준과도 같을 것이다.

잡초들이 농작물로 격상되기도 한다. 까마중, 쇠비름이 그것이다. 까마중은 대량 재배돼 발효 음료로 나온다. 쇠비름은 나물로 대량 재배되기도 한다. 기능성이 인정받은 특작물인 셈이다. 까마중밭에서는 다른 농작물들이 오히려 잡초 취급받기도 한다. 농경지나 세상살이에서 잡초 취급을 받을지, 특작물 대접을 받을지는 대상자들이 선택할 일이다. 성실과 실력으로 무장한다면 인간사에서도 무조건 잡초로 취급받지는 않을 것이 분명하다.

전망

산 위에 올라서서 제일 먼저 하는 말이 멀리 앞을 내다보고는 전망이 좋다고 말한다. 그리고 사람들은 다른 사람의 장래를 생각하면서 훤하다, 캄캄하다 등으로 표현한다. 전망도 자연적 조망을 말하는 경우도 있지만, 사회활동을 예측하는 발전성, 경제적 측면을 그러한 생각을 말할 수도 있다. 의사, 변호사, 법무사 등 '사' 자 붙은 자격증을 가진 사람들은 대체로 희소성의 가치로 전망이 밝다. 공사는 하늘이 준 직장이라는 말로 전망이 밝음을 나타낸다. 공무원도 장래를 보장받을 수 있어 전망이 나쁜 직장은 아니다. 자연적인 조망이 좋은 곳에는 사람이 살아가는데, 필요한 집은 없고 대체로 무덤이 있는 것을 볼 수 있다. 사후 집이 위치하여 후손들의 장래를 밝혀 줄 수 있다는 생각이다.

시골에서 새벽 걷기 운동을 하다 보면 생활운동기구가 설치된 선계 마을 회관 앞에 이른다. 그곳에서 여름을 보내려고 온 김 이사를 만났다. 어디에 거주하는지를 물었다. 그가 지정하는 곳을 보았다. 평소에 그냥 지나치는 개울 옆 공간에 사람이 거주하는 곳이 있는 줄 몰랐다. 그 정도로 나무숲에 가리고 도로에서 많이 안

쪽으로 들어간 곳이다. 그러니 대뜸 나오는 첫마디가 "여기도 집이 있었나?" 하고 이야기한다. 자세히 보니 도로에서 100m는 안으로 들어간 곳에 컨테이너로 된 임시 거처가 비닐로 싸여 있었다.

아들과 함께 가족이 장모님을 모시고 여름휴가 겸 코로나 대피를 위해 왔다고 하면서 습기가 너무 심해 못 있겠다고 불평이다. 장마 철에 골짜기 속에서 지내기는 힘들 것이다. "아이고 반갑습니다. 그런데 이곳에 집이 있는지는 몰랐습니다. 우리는 지장사 절 위에 사는 사람들입니다. 나중에 한번 집에 놀러 오세요."라고 말했다. 김 이사는 습기가 심하고 개울 물소리가 너무 시끄러워서 장모님은 먼저 귀경하시고 자기들은 내일 돌아간다고 이야기했다.

오전 10시경 집으로 새벽에 만난 김 이사 가족이 구경 왔다고 하면서 집엘 들렀다. 그리고 하는 첫마디가 "전망이 너무 좋다."라고 말했다. 앞이 훤하게 터져 있고 주천강을 바라보면서 뒤에는 무봉산이 감싸고 있는 형국이 자기의 거주지와는 비교가 안 된다고 하는 말을 연거푸 몇 번을 말하였다. 우리 집에서 차 한 잔, 이웃 배 소장 집에서는 새로 지어진 집 구경도 하고 여러 조언을 듣고 돌아갔다. 이야기를 나누다 보니 고향 사람이고 같은 학교에 다닌 후배 되는 사람이었다. 다음 날 새벽 다시 만난 김 이사에게 현재 토지를 팔든지 아니면 농사용으로 쓰고 사람이 거주하는 곳은 다른 높은 전망 좋은 곳으로 새로 토지를 구매하라고 했다. 집은 새로 짓

든지 아니면 새집을 사는 게 좋겠다는 조언을 했다. 돌아가서 집
사람과 의논을 해서 결정되면 연락하라고 하는 말도 잊지 않았다.
사실 그곳은 골짜기 깊숙이 나무에 싸여 습기는 물론 햇빛도 제대
로 들어오지 않은 곳이고 흙을 돋우어서 집을 짓기에도 어려운 곳
이었다. 시골에서 생활하는 주목적이 자연과 더불어 생활함으로써
건강을 지키고 제2의 인생 설계를 이어가는 것이다.

　시골에서 살기 위하여 토지를 구매할 때는 제일 먼저 방향을 보
고 정해야 한다. 남향으로 향하고 배산임수(背山臨水)의 위치를 잡
아야 한다. 김 이사는 다른 토지에 비해서 값이 싸다고 해서 잘못
구매한 것이다. 여러 가지 사례를 들어가면서 설명을 해주었다. 집
을 지을 때 주의사항까지도 설명하였다. 토지를 살 때 둘러보지도
않고 인터넷으로 구매 한 점이 결국 음지를 택한 것이다. 여름에는
옆에 겨울이 흐르고 나무숲이 있어 좋다는 말에 그냥 구매해 버린
것이다. 토지 대금이 도회지보다 저렴하니깐 아무 생각 없이 구매
하는 경우에 해당된다.

　시골 마을의 집들 위치를 보면 아예 큰 골짜기의 다른 한편이거
나 아니면 산의 줄기인 능선 이거나 둘 중 하나이다. 골짜기 집은
전망이 없다. 바라보이는 것은 앞산뿐이다. 그리고 개울 물 흐르는
소리가 전부다. 물론 산에 둘러싸여 있어 아늑함을 주는 점도 있
다. 앞이 훤하게 터져 먼 산들의 공제선이 보이는 전망 좋은 위치
를 선택하는 게 중요하다. 그러나 사람의 취향에 따라 골짜기를 선

택하는 분도 간혹 있다. 같은 능선 상이지만 이웃집의 위치는 약간의 지형상 골짜기다. 그러니 비만 오면 물이 솟아 흐르고 지하에 수맥이 있어 지하수가 흐른다. 수맥이 흐르는 곳은 인체에 나쁜 영향을 준다는 점은 누구나 상식적으로 알고 있다.

전망이 좋다는 조망이 좋다 와 통한다. 멀리 바라보이는 경치가 좋다. 아마 지금 살고 있는 뜰에서는 장 반장의 집 위치가 가장 좋다는 생각이다. 남향집에 전망이 끝내주는 여러 이름 모를 산들의 공제선을 지나 치악산의 공제선이 보인다. 주천강을 안고서 무봉산이 뒤에서 받쳐주니 한 폭의 산수화를 보는 것 같다. 전망이 좋은 집에 사는 사람은 약간 뿌듯함을 느낀다.

전망이 없는 골짜기에 사는 분은 '답답하다'로 시작하여 보이는 것은 앞산 능선의 나무들만 자나 깨나 보고 있으니 우울증이 생긴다고 하소연을 한다. 결국은 집을 팔고 다른 곳으로 이사했다. 전망은 무시할 수 없는 이유 중의 하나이다. 사계절의 변화와 탁 터진 하늘과 공제선을 눈으로 즐기면서 나름대로 한 수의 시를 생각해 낼 수 있는 그러한 곳에서 살아야 한다.

전망 좋은 직장에서 근무하고 정년퇴직한 후 한적한 시골의 전망 좋은 위치에 집을 짓고 다음 인생을 산수와 더불어 삶을 이어간다면 사람답게 살았노라고 이야기할 수 있을 것이다. 전망을 생각하지 않을 수 없는 이유가 된다.

속도

시골길 새벽녘에 달리는 차량 들의 속도가 빠르다. 더구나 대형 시멘트 탱크로리 차량의 무서운 속도는 도로의 모서리 쪽으로 간신히 걷게 한다. 차가운 바람과 함께 날아갈 것 같은 기분이다. 새벽 일찍 농사일하기 위해 달리는 봉고차도 새벽 예배를 보기 위해 아니면 업무를 위해 귀경하는 사람들의 차량은 마음부터 바쁘다.

무슨 차들이 그렇게 빨리 달리는가 하고 함께 걸어가는 이웃분들에게 불평하지만 사실 나 자신도 천천히 가는 편은 아니다. 작년 여름에 부산 동생이 왔을 때 "형님은 뭐가 그리 급하십니까?" 무지하게 빨리 달린다고 한 말이 있기 때문이다. 아침 새벽을 걷는 강림에서 원주시 황둔으로 연결된 411번 도로를 가장 천천히 안전하게 걷는 차는 역시 김 선생 한 분뿐이다. 천천히 40㎞ 속도로 직장인 소초면까지 간다고 한다. 그리고 길에서 운동하는 아는 분과 인사를 나누면서 출근한다.

걸을 때도 운동이 되게 걸어야 한다면 빠른 걸음으로 보폭을 넓게 걸어야 한다. 천천히 걷는 걸음은 운동 효과가 없으니 일정한

거리를 정하고 그곳에서는 빠르게 걷는 게 도움이 된다. 어느 정도의 속도가 필요한 것이다.

인생의 속도는 나이에 비례한다고 한다. 70대의 나이는 시속 70km로 달리고 20대의 나이는 시속 20km로 달린다고 한다. 나이를 먹을수록 목표지점에 빨리 다가가는 시간이 왜 그리 빨리 지나가는지 모를 지경으로 하루하루가 지나가는 것이다. 젊은 시절에는 언제 결혼하고 어른 되어 살아가는 꿈을 가지고 열심히 살다 보면 즐거움 때문인지 목표에 도달하고 싶은 마음 때문인지 세월이 흐르지 않는다.

이웃하고 있는 종씨인 전 농협 지점장이 울먹이면서 이야기하는 부모님의 근황은 살아 계신 기간을 단축 시키기 위해 초고속으로 빨리 지나갔으면 하는 생각을 하게 한다. 91세의 부친과 치매에 걸려 고생하고 계신 89세의 모친은 종씨로 하여금 이 상황이 빨리 지나가기만을 고대하고 있게 만든다. 그러면서 세상에서 가장 몹쓸 병은 치매라고 강조한다. 더구나 모친이 폭력적 치매라서 더욱 간호를 어렵게 한다는 것이다. 인생의 마지막 계단을 다 올라와서 목표지점에 도달한 상태이니 이제 천사로 변하여 하늘로 날아가기만을 기다리는 심정이라고 한다.

배드민턴 동호회 회장인 이웃집 배 회장은 평소 속도를 높여 차를 운전한다. 심지어 눈이 약간 덮인 도로에서도 속도를 내고 나를 앞질러 간다. "왜 그렇게 빨리 가느냐"고 물으면 아무도 없는 빈 도로에서 천천히 갈 이유가 없다는 것이다. 그러다가 이제부터는 천천히 가겠다고 다짐하듯 이야기한다. "무슨 일이 있느냐?"는 질문을 하였다. 지난밤에 도로에서 멧돼지를 들이받아 우측 앞부분이 완전히 파손되는 일이 발생한 것이다. "멧돼지를 잡았느냐?"고 물으니 넘어졌다가 일어나 도망갔다고 하면서 조금 천천히 갔더라면 급브레이크를 밟을 수 있었을 것이라고 아쉬움을 나타내었다. 자동차를 보니 앞 범퍼 부분이 완전히 파손된 상태다. 그 후 자동차 수리 비용으로 일백만 원이 소요되었다. 하긴 그간 시골길에서 속도위반으로 벌과금을 3회나 낸 나로서는 할 말이 없다. 시골이라고, 도로 상황이 혼잡하지 않은 상태라고 함부로 속도를 내었다가는 속도위반 그물 망에 걸리기 안성맞춤이다. 곳곳에 60㎞ 속도 제한 표시가 있음을 알아야 한다.

자동차의 속도를 조절하기 위해서는 트랜스미션의 기어를 변속해야 한다. 그런데 요즈음은 자동 변속이라 속도에 따라 기어가 자동으로 변속 된다. 천천히 가면 1단 기어를 넣고 가는 것과 마찬가지이다. 세월의 속도는 삶의 질에 따라 변속기어가 작동한다. 재난 사고 등을 당하면 빨리 지나가기를 바라고 행복하고 즐거운 시간은 오랫동안 계속되기를 바란다. 마음의 변속기어는 생각에 따라 변한다. 변속기어의 잘못된 작동으로 인하여 스트레스라는 인생 장애물을 만들어 낸다. 스트레스를 받으면 그 정도에 따라 몸에 병이 생긴다. 그것으로 힘든 치료 과정을 가져야 한다. 자신도 모르게 속도를 내고 있는 것을 나중에서야 알게 된다.

병원 진료를 마치고 이제는 3개월을 벌었다고 하는 마음과 조금 여유가 있는 시간도 3일이 지나면 다시 제대로 된 일상의 속도가 기다린다. 그리고 새로운 검사 일과 상담 일이 그렇게 빨리 다가오고 마음이 편치 못하고 스트레스를 받아 가면서 인생을 사는 현실에서 조금 천천히 가는 세월에 승차하여 천천히 아주 천천히 가기만을 고대한다.

『백 년을 살다 보니』의 저자이신 김형석 교수님께서는 60세부터 75세까지가 가장 행복하고 보람찬 시기라고 한다. 그러고 보니 인생의 평균 속도는 70이라는 생각이 든다. 속도를 내고 있지 않은지 자신을 뒤돌아보면서 갈 수 있기를 바란다. 굳이 세상과 발맞추어 가지 말고 눈치 보지 말고 불안해하지 말고 욕심을 타이르면서 천천히 가되, 아름다운 동행인과 함께 라면 더욱 좋겠다.

삶의 속도를 늦추어서 천천히 가다 보면 건강하고 즐겁게 갈 수는 있다는 생각이다. 변속기어를 적절하게 운용하면서, 인생길을 간다면 천수를 다할 수 있을 정도로 천천히 갈 수 있다. 그러기 위해서는 확실한 인생 계획에 따른 삶의 즐거움이 가득한 보람찬 세상살이를 해야 한다. 속도를 내야 하는 자체가 스트레스를 받을 때인 것 같다. 빨리 시간이 지나가기를 바라다보니 마음의 속도가, 상황이 지나가기를 바란다. 빠른 속도보다는 천천히 느리게 조심히 가는 인생의 속도가 필요한 것이다.

숙원 사업

나이도 회갑, 진갑 지나고 별다른 일이 없는 처지에 고생하면서 받게 된 연금이라는 열매를 따서 먹을 수 있음을 위안으로 삼으며 전원생활을 시작하였다. 집과 땅을 구매하면서 집사람 이름으로 구매하고 등기를 하였다. 시골로 안 가려는 집사람을 설득할 방편의 일환이었다.

그럭저럭 시골 생활도 14년 차에 접어들어서 농사꾼으로서의 자질과 경험을 갖추고 살고 있다. 처음에는 직장 생활로 인하여 '5도(都) 2촌(村)'*으로 생활하다가 은퇴 후 겨울에는 추운 곳이라 도회지에 나가 있고 춘삼월이 되면 다시 이곳으로 와서 농사지으며 사는 형태로 지내고 있다. 국제 사이버대 웰빙귀농학과에서 배운 귀농·귀촌 생활을 적용하면서 농지 500평을 구매하여 시작한 농사는 도로와 산지로 나가고 겨우 320평이 남게 되었다. 농사짓기는 부족한 농지 규모여서 농사를 짓기 위한 꼭 필요한 각종 장비만 갖추어 사용하였다. 인력으로 하는 어려운 전원생활을 하고 있다.

---

* 5일은 '도시'에서 2일은 '농(귀·산·어)촌'에서 살기

평소 어려운 일 중 하나가 농산물을 수확 후 건조하여야 하는 일이다. 특히 많지도 않은 고추를 말리기는 어려웠다. 장 반장에게 부탁하여 건조기를 사용할 때 함께 사용하기도 하고 가정용 소규모 건조기에 말리다 보니 집사람의 어려움이 많았다. 작년에는 장 반장에게 부탁하기가 미안해서 참전 전우인 배 형에게 부탁하여, 아로니아를 건조하였다. 그런데 비 오는 날 건조가 다 되었다고 연락이 와서 비를 안 맞히려고 황급히 아로니아를 찾아왔다. 찾아오는 날 고맙다는 표현이 미숙했던지 나중에 소문으로 건조기를 사용토록 해주었는데 아로니아를 조금 가져갔다는 오해를 부인이 하였다. 다른 일로 전화한 집사람과 약간의 언쟁이 있었다는 것이다. 답답한 일이었다. 그런 눈치를 보낸 것도 아닌데 오해를 하니 아무리 설명을 해도 오해가 풀리지 않아 그 뒤로 서먹하게 그냥 지내고 있다.

사실 고추건조기를 사서 말릴 정도의 농산물이 있지도 않고 구매 보조금의 혜택을 받을 수도 없다는 생각이었다. 그러다가 태백의 '육백 마지기' 관광 여행을 다녀오다가 함께 간 김 회장이 생각지도 않은 "고추건조기가 집에 있느냐?" 하고 물어서 없다고 했더니 그게 좋다고 하면서 그 자리에서 적극적으로 건조기 판매상과 전기 업자에게 연락하였다. 그간 사고는 싶었지만, 그냥 마음속으로만 생각하고 숙원 하던 고추건조기 구매를 이번에는 어쩔 수 없이 구매하게 되었다. 김 회장이 직접 우리 집을 방문하여 건조기 위치를 정하고 자기

집의 건조기를 구경시킨 후 장점만을 이야기하면서 구매 안내를 한 것이다. 이곳저곳을 둘러보다가 결국 현관 앞 빈 곳에 두기로 하고 건조기를 구매하였다. 건조기를 가져오는 날 판매상 문 사장과의 대화에서 같은 고향임을 확인하게 되고 저절로 서로 친하게 되었다. 건조기와 함께 고향 친구도 얻게 된 것이다. 비가 계속 오는 장마철이라 건조기 커버를 문 사장이 함께 구매하여 주는 친절도 베풀었다.

건조기를 집의 현관 입구에 두었으니 차양을 설치하여 비가 맞지 않도록 해야겠다고 생각되었다. 이번에는 지장사 스님에게 절에 차양대를 설치한 업자를 소개받았다. 현관 문 앞에 고정 차양대를 아크릴로 설치하는 작업은 그간 비 올 시 불편한 점을 누차 강조하면서 공사를 요구하던 집사람의 숙원을 들어 주는 결과에 이르게 된 것이다. 말끝을 '유~' 자로 하는 충주의 방 사장은 공사하려고 해도 장마철이라 "비가 와서 곤란해유~"로 2주간의 연기 후 드디어 공사하는 날이 찾아왔다. 이번 약속은 일주일 전에 한 약속으로 하지 않을 경우에는 내년으로 미루기로 마음을 먹고 있었다. 다행히 날씨가 화창하여 약간의 더위는 있었지만, 공사하기 좋은 날이었다. 방 사장의 아들과 조카 되는 두 분의 합작으로 지붕 같은 아크릴 차양대가 만들어졌다. 누가 보아도 튼튼하고 아름답기까지 한 차양대를 설치한 것이다. 공사대금은 다시 한 번 토의하여 최종 결정을 한 후 계좌 번호로 그날 바로 지급했더니 "대금 잘 받았어

유~ 고마워유~"로 답변이 왔다.

집사람의 십여 년 묵은 숙원 사업이 이루어진 것이다. 고추건조기도 구매하여 더 이상 건조 구걸을 안 해도 되었고 현관 앞에 차양을 설치하여 인접 설치된 어닝과 함께 그런대로 유용한 집 구조가 되었다. 집이 더 커지고 보기가 좋아졌다고 하면서 기분이 좋아진 집사람은 청소와 정리 정돈을 하면서 즐겁고 신나는 모습이었다. 그리고 "내가 그렇게 이야기할 때 했으면 좋았을 텐데"라며 왕잔소리를 들으면서도 나 역시 즐거운 일이라 생각했다. 사실 마음은 있어도 돈이 없고 돈이 있어도 절약이 몸에 배어서 행동으로 나타내지 못한 점을 이제야 알게 되었다. 김 회장의 충동적인 행위로 인하여 무의식의 일을 행동으로 옮기게 된 것이다. 새롭게 변한 집 구조의 모습을 사진을 찍어 며느리와 아들에게 보냈더니 며느리는 "아버님 짱 입니다"로 답이 돌아왔다.

집사람은 시골 출신이라 농사에서는 나의 멘토 역할을 하면서 지내고 있는 실정이었다. 학교에서 배운 학습 내용도 좋지만, 경험에서 나오는 농법은 더욱 작물을 잘 자라게 하고 있다. 50년 동안 익힌 살림의 지혜도 집안을 새로운 모습으로 바꾸는 데 일조를 하고 있다. 집사람의 숙원 사업을 해결하고 나도 칭찬을 받는 일이 된 것이다. 앞으로 집사람의 이야기를 잘 듣고 처화만사성(妻和萬事成)을 실천하는 남편이 되어야겠다고 생각을 하였다.

임 만날 생각

늘은 푸른데 겨울바람만 부네
나무가 흔들리고 낙엽이 날면
추위가 더 심해질까 두려워진다
왜 -
임 오시는데 힘들까 봐

가로등 불빛은 밝게 빛나고
눈송이 아름답게 흩어지면
마음이 울렁거린다.
왜 -
임 그리워

개 짖는 소리 발걸음 소리 들리고
기침 소리 문 여는 소리 들리면
가슴이 두근거린다.
왜 -
임 만날 생각에

5부
건강 지키기

병病 님과 함께

"사람이 병 안 걸리고 죽습니까? 어차피 병에 걸려 죽기 마련인데요. 죽음에 이르게 하는 병 님을 잘 관리해야 지요." 지난번 만난 이 사장님께 내게 한 말이다. 늙어서 병에 걸리고 더구나 암에 걸린 사람으로서 병에 대한 인식을 달리하기로 하였다. 잘 대접하고 함께 가야 한다는 생각에서 병 님으로 부르게 되었다. 그렇다고 아무 병이나 님 자를 붙이는 게 아니고 나이 먹어 생기는 일명 성인병으로서 당뇨, 고혈압. 순환기 질환, 암 등 살아있는 동안 잘 낫지 않고 함께 해야만 하는 질병에 님 자를 붙여 부르자는 것이다.

살다 보면 병 님은 나이가 들수록 쉽게 찾아오고 빨리 인생 계단을 올라가도록 독촉을 하는듯하다. 그래서 나이 먹으면 병원 가까운 곳에 살아야 한다고 하지 않는가, 세상은 좋아졌다. 약과 좋은 음식이 있어 병 님을 잘 관리하면 내쫓아 버릴 수도 있고 정 안되면 함께 갈 수도 있다. 아니면 병 님의 세력을 어그러뜨리거나 아주 죽여 버릴 수도 있다. 의학의 발전은 계속되고 인간의 생에 대한 강한 욕구는 언젠가는 이러한 병 님으로부터 해방되는 날도 있을 것이다.

나이 먹으면 서서히 가까워지는 곳이 하늘나라이다. 다가가는 속도가 나이에 비례한다고 한다. 70대는 70㎞로 달려가고 80대는 80㎞로 달려간다고 한다. 최종 목표는 죽음 즉, 생을 다하는 것이다. 요즈음은 100세 시대로 최근 사망한 아는 분들의 수명이 평균 92세이었다.

이 사장님이 다음 내게 한 말은 대학 병원 주치의가 "더 이상 저의 실력으로는 어쩔 수 없습니다. 그냥 돌아가십시오."라고 말하더라는 것이다. 의사도 사람이다 보니 한 사람의 환자에 대한 애증이 생겨 본의 아닌 행위를 할 수도 있지만 더 이상 환자를 돌볼 수 없는 경우에 처하면 인간으로서 못할 말을 하게 된다. 그러므로 자신의 책임을 피하려고 말하는 심정을 이해해야 한다. 그런 이야기를 들은 사람은 이제 생의 마지막에 도달했는가 보다 하고 서서히 하늘나라 계단을 올라가야 하나보다는 심정으로 살아가게 된다. 먹지도 못하고 다니지도 않고 결국 우울증에 걸리고, 그러다 보면 극단적인 선택을 하는 경우가 있다.

병에 대한 약이란 게 그 종류가 다양하여 주로 처방해주는 의사를 믿고 먹지만 인간을 구성한 물질이 다르고 환경이 달라서 효과는 각양각색으로 나타난다. 그래서 의사도 잘 만나야지만 약 또한 선택을 잘해야 한다. 병 님의 입에 맞는 약을 주기 위해 노력해야 한다. 먹고 죽거나 기세가 약해져서 부담을 주지 않아야 하기 때문이다. 통상적으로 병 님에게 꼭 맞는 약을 구하기 위해서는 세 군데의 병원을 들러 보는 게 좋다고 한다.

일상생활도 많은 변화를 가져왔다. 술을 못 먹으니 함께하려는 친구가 없다. 정말 아쉽다. 음식도 가려 먹어야 하니 함께하려고 하지 않는 경우가 많다. 이런 부담을 주지 않기 위해서 결국 친구 만나기를 꺼리게 된다. 그러나 다행인 것은 함께 하는 환우가 있어 서로의 병 님의 동태에 대한 정보의 교환이나 약의 반응 정도를 서로 나누면서 생활을 한다.

나의 병 님이 들어오고 난 이후부터는 먹는 음식이 달라졌다. 그렇게 좋아하고 많이 먹던 연양갱부터 일제 사탕, 설탕 등 단 음식과 인스턴트 식품, 돼지고기 기름 덩어리만 찾아서 김치찌개를 해 먹었던, 좋아하던 고기류는 먹지 않는다. 당 수치가 높은 음식물은 심지어 잘 먹던 감자와 옥수수도 사양하고 있다. 그렇게 지내다 보니 결국 채소류와 생선류를 먹게 되었다. 병 님은 좋아하지 않지만 좋아서 함께 있는 게 아니고 떨어지지 않아서 할 수 없이 함께 있는 사이이니 떨어지게 하려고 일부러 먹는 것이다. 버섯 종류와 기능 식품도 먹어 보고 몸에 이상 반응이 없으면 먹는다. 특히 차가

버섯은 좋다고 해서 구매하여 꾸준히 먹고 있다. 주로 먹는 반찬으로는 가지, 브로콜리, 미역국, 된장국, 김치 그리고 생선구이를 먹고 있다. 고기는 오리고기, 닭고기로 대신한다. 식생활에서 몸무게의 변화를 초래하였다. 쓸데없는 살은 모두 빼버리고 필요한 체형으로 변화를 가져오고 있다.

운동은 우선 걷기 위주로 한다. '누워 있으면 죽고 걸으면 산다.'라는 속담을 상기하면서 아침 새벽 걷기 운동을 한 시간 반 정도 코스를 정하여 혼자 걸으면서 상념을 정리한다. 걷다가 배우고 걸으면서 영감을 얻기도 한다. 시간 나는 대로 생활 속에서 걷기를 일상화한다. 점심을 먹으러 갈 때도 일부러 먼 곳을 정하여 걸어가 식사를 한다.

인터넷 걷기 카페에 가입하여 함께 걷기를 하기도 한다. '워커온' 앱에 가입하여 걷기의 수를 스마트폰에서 본다. 그리고 주 3회 이상 배드민턴운동을 하면서 땀을 흘린다. 현재 83kg의 체중을 유지할 수 있도록 노력하고 있다.

고혈압, 당뇨, 암 환자는 병 님을 일시적으로는 통제할 수 있겠지만, 완전히 버릴 수가 없다. 그래서 함께 손잡고 살아가는 것이다. 가는 길의 동반자로서 함께 웃으며 즐기는 세월은 어렵지만, 항상 병 님이 화(전이)를 내지 않도록 그리고 새로운 다른 병(합병증) 님을 데리고 오지 않도록 조심해서 잘 모셔야 한다. 너무 병에 걸린 것을 후회하거나 절박한 심정으로 병마와 싸우기보다는 병 님으로 대우하면서 긍정적인 마음을 갖고 함께 살아간다는 생각으로 100세 시대를 살아야 하는 게 아닌가? 병 님을 통제할 방법은 꾸준한 식이요법과 운동이 제일 중요하다.

아쉬운 탁구운동

처음에는 남의 나라 일인 줄만 알았다. 중국 우한 폐렴으로 불리는 바이러스에 의한 감염증으로 인하여 많은 사람이 치료를 받아야 하는 사태가 발생했다. 얼마후 명칭을 '코로나 19'라고 변경하고 우리나라에서도 몇 명의 환자가 발생하더니 결국, 37일 만에 천 명이 넘는 환자의 발생을 가져온 전대미문의 사태가 발생하게 된 것이다.

방송에서는 연일 환자 발생 통계 숫자와 국민 개개인의 예방에 대해 안내를 하고 있다. 그리고 격리환자가 지켜야 할 수칙이나 경증환자, 중증환자의 분류에 따른 각자의 행동 수칙이 다르다. 그러나 아직도 백신이 개발되었다는 소식도, 환자가 줄어든다는 방송은 없다.

아내의 끈질긴 압력에 의해 할 수 없이 탁구를 하면서 올해 겨울을 보내기로 마음먹고 탁구장을 찾아갔다. 탁구장 관장의 상담 결과 월 8번 받는 레슨비를 16만 원이라는 거금을 내어야 한다는 말에 그만둘까 하는 마음이 생기기도 하였다. 모처럼의 운동 기회를 아내에게 선물한다는 마음으로 시작하였다. 1월 6일부터 시작하여 열심히 한 보람이 있어 둘이서 공을 주고받을 수 있게 되었다. 한 달 정도 레슨과 하루도 빠지지 않고 열심히 탁구장을 들락거린 덕분이었다.

2월이 되니 '코로나 19'의 영향으로 주민자치센터의 교육 프로그램은 휴강을 통보해왔다. 그동안 월·화·수요일 오전의 시간을 보내던 일본어 기초 강의 수강이나 노래 부르기는 갈 수 없게 되었다. 그래서 탁구장에 올인하는 신세가 되었다.

탁구 치는 사람 중 제일 나이가 많은 나로서 쉽게 다른 사람과 함께 할 수 있는 분위기가 되지 않았다. 이래저래 아내와 둘이서 오후 2시에서 4시까지 두어 시간을 열심히 운동하고 귀가하는 일이 계속되었다. 다행히 아내의 만족도가 높고 다리에 근육이 생겼다고 자랑도 하면서 집에서도 서버 연습을 하기도 하였다.

'코로나 19'는 경기도 수원시 용인에 발생하여 인접인 광주는 아직 발생하지 않았으나 연일 예방수칙과 확정 환자의 동선에 대한 안내문자가 핸드폰으로 들어온다. 국가 재난 상태로서 연일 바쁘게 환자의 색출을 위한 진단과 확증 환자에 대한 조치하는 일이 계속 이어지고 있다. 문제는 초기에 감기와 별 차이가 없고 전파가 잘된다는 것이 사람을 헷갈리게 하는 것이다. 감기인가 생각하고 약을 먹고 참고 돌아다니다가 열이 심하게 나고 목이 아프면 그때부터 의심하기 시작하니 그사이에 돌아다니면서 접촉한 사람들은 전부 의심 환자가 되어버린다.

아내는 올해에 삼재가 끼었다고 모든 일을 조심한다. 아니나 다를까 탁구장도 위험하니 더 이상 못 가겠다고 하면서 아직 두 번이나 남은 레슨 기회를 다음으로 미루자고 한다. '코로나 19'에 노출될까 겁난다는 것이다.

두 번이면 한 사람당 한 번에 2만 원으로, 8만 원이라는 금액이 날아가는데도 안 간다니 어쩔 수 없다. 탁구를 포기하고 시골로 가서 농장 일을 하면서 시간을 보내기로 하였다. 시골에 내려온 다음 날 탁구장도 당분간 휴관한다는 안내문이 왔다. 시골도 모든 공공 복지시설은 휴관이다.

시골에서도 이웃분들에게 안부를 전하고 서로 만나지도 못하는 안타까운 심정을 토로하면서 빨리 '코로나 19' 사태가 종결되길 기원한다. 새벽 운동을 나가면 공기가 도시지역하고는 다르다. 시원한 냄새가 코를 찌른다. '코로나 19'가 겁을 주긴 하지만, 처음에는 마스크를 하다가도 공기를 마시기 위해 제거한다. 걸음이 빨라지고 시골엘 잘 내려왔다는 생각이다. 농장에서 과수 나무 거름주기부터 고춧대 정리, 비닐 벗기기를 하면서 탁구를 대신하는 운동을 한다고 생각하면서 열심히 하고 있다.

　시골에서 탁구를 할 수 있는 장소를 수소문하였더니 폐교가 된 월현초등학교에서 몇 분이 모여 친다는 이야기를 듣고 찾아갔다. 지금은 캠핑장으로 바뀌어 여름에는 서울 시민이 사용하고 있는 학교시설은 월현2리 자체적으로 주민이 관리하는 곳이다. 관리실에 들렀더니 관리인을 만나 탁구는 오후에 한다는 이야기와 회장을 만나게 해주겠다고 한다.

　회장을 만나 간단한 수인사를 하고 오후에 다시 가서 처음으로 시골에서 탁구를 쳤다. 시설이야 도시보다 못하지만 그래도 운동할 수 있다는 사실만으로도 만족한다. 게임 스코어 보드판도 없고 그냥 말 그대로 경쟁 없는 땀 내기 운동이다.

　회원들의 실력도 우리와 큰 차이가 없어서 부담 없는 탁구운동을 하였다. 회장은 잘 친다고 연신 이야기하지만, 광주에서 보던 탁구 실력을 생각하면 아직도 걸음마 단계를 지나지 못했다고 생각한다.

　회장은 옛날 서울에서 좀 치긴 했어도 선수 출신이 아니고 일반 아마추어로서 배운 실력이라 크게 뛰어나지는 않아 보였다. 그래도 회원들에게 개인 지도를 하면서 회를 이끌고 있음을 알 수 있었다. 3월부터는 내부 보수 공사로 오늘이 마지막 칠 수 있는 날이라

실컷 치고 왔다. 다음 4월 1일을 기약하면서 회원들과 헤어졌다.

  탁구를 좋아하는 아내의 아쉬운 마음을 뒤로하고 집으로 돌아왔다. 빨리 4월이 왔으면 하는 마음뿐이지만 '코로나 19'로 인하여 칠 기회가 올지도 의문스럽다. 하루속히 '코로나 19'의 기세가 꺾이고 마음 놓고 탁구도 칠 수 있었으면 한다. 아내의 즐거워하는 모습도 보고 싶다.

새벽 운동길

　건강을 지키기 위한 노력은 계속되고 있다. 내가 정한 건강 유지 자격증을 받기 위한 과정의 하나이기도 하다. 시골에서의 운동은 걷기 외에는 공터에 만들어진 간단한 생활 운동기구를 이용하여 하는 두 가지 방법이 있다. 우선 왕복 한 시간 정도의 걷기 운동코스는 집에서 출발하여 좌측 월현리 방향으로 가든지, 아니면 우측 강림면 소재지 방향으로 가는 두 가지 길을 고려할 수 있다.

　월현리 방향은 옛날에 많이 다니던 곳이다. 최규하 대통령이 직접 이곳에 와서 개통식에 참석하였다는 1978년 준공된 강림 시범 소수력 발전소를 지난다. 월현리 마을회관을 지나면 지금은 서울시 여름 체험 캠핑장이 된 월현초등학교에 도착하여 설치된 운동기구로 운동도 하였다. 그러나 커브 길이 많고 오르막이 있어 차가 속도를 내고 다니는 새벽녘에는 위험이 따르기 때문에 불편한 점이 많았다.강림면 소재지 방향은 그런대로 도로 전망이 눈에 들어온다. 주천강의 전체적 흐름도 볼 수 있을 뿐 아니라 낮고 조그맣지만 댐에서 떨어지는 하얀 물줄기의 장관도 볼 수 있다. 위험성이 덜하고 새로 만들어진 '주천강 산소길'과 연결되는 이점이 있었다.

그래서 평일은 강림면 소재지 방향으로 걷고, 다만 일요일에는 월현리 방향으로 걷기로 마음먹었다.

여름에 새벽 운동은 5시에 집에서 출발하여 소수력발전소집수장 근처 도로 안전망에서 팔굽혀펴기를 20회 정도 하고 민긍호 의병대장 전적비를 지나서 예버덩 약수터에 도착한다. 그러면 1차 운동이 어느 정도 종료되고 걸어가는 중에 6시 타임 벨이 울린다.

예버덩 약수터는 음료 불가의 물이 되었다. 초기에는 이곳 물을 아침마다 받아서 음료수로 먹기도 하였으나 상류의 각종 개발로 인하여 대장균이 기준치보다 너무 많이 나와 결국 불가로 판정되었다. 여름에만 나오고 겨울에는 나오지 않는 약수터이다. 약수터 앞에서 팔굽혀펴기를 하기 위해 엎드려뻗쳐를 한 후 몇 번을 하는데 바로 머리 앞에서 새가 한 마리 날아오른다. 깜짝 놀라 바위틈 속을 자세히 보니 둥지에 네 개의 알이 있다. 아마 알을 품고 있다가 사람 기척에 놀라 날아가 버린 것이다. 그 후 이곳에 올 때마다 알이 잘 부화가 되었는지 보았으나 어느 날 알이 없어졌다. 부화가 되지 않고 누군가에 의해 도난당했을 것이다. 팔굽혀펴기를 20회 정도 하고 난 후 맨손체조를 하고, 말타기 자세 취하기를 삼분 정도 한 후 예버덩 문학관으로 가는 길을 걸어간다. 태양광 전열판이 즐비하게 늘어져 있고 흰 감자 꽃이 만발한 진 씨네 농장을 지나면 월남 참전자 모임에 함께 다니던 심 선생의 집 앞을 지나가게 된다. 그와 마지막 모임에서 내 차를 타고 함께 돌아오면서 이런저런 이야기 나누던 생각이 난다. 해군사관학교를 나와 해병 대위로 전역한 후 대우에 취업하여 사우디 공사현장에서 고생한 이야기를 들었다. 심장이 안 좋아 양쪽에 심장 박동기를 붙이고 산다고 했다.

그리고 옆에는 달봉이네 집이 있다. 부인의 부동산 사무실 취업으로 인하여 귀촌은 했으나 정착하지 못하고 떠난 사람으로 기억하고 있다.

반대편에서 오는 빨간 옷을 입은 임 씨를 만나서 "안녕하세요." 라며 수인사를 나눈다. 드디어 1.5㎞를 걸어서 예버덩 문학관 언덕을 올라가 새로 생긴 '주천강 산소길'의 초입 길을 따라 걸어간다. 나무 사이를 걷는 길이라 맑은 공기를 마음껏 들이마시고 가슴을 펴고 즐거운 생각을 하며 걷는다. 새벽 걷기 운동하는 아주머니들이 앉아서 쉬고 있는 평상 바위까지 간다. 돌아오면서 주변에 떨어진 솔방울을 공 삼아 골프채를 휘두르는 운동을 한다. 오는 길에 광학 기재 수리병으로 근무하였다는 나의 하사관 주특기와 동일한 곽 사장을 만난다.

"곽 사장! 어디까지 걷는 거요?"

"예! 다리까지 갑니다." "대단하시네" 하는 수인사를 주고받는다.

민긍호 의병대장 전적비 쉼터에는 호국보훈의 달을 맞이하여 현충일 추념식을 한 흔적으로 국화 화환과 꽃송이가 전적비 앞에 나란히 놓여 있다. 전적비를 향하여 나도 모르게 거수경례를 하고 건강하게 살 수 있도록 노력 중임을 보고 한다. 팔굽혀펴기와 다리운동을 한다. 이곳에 와보면 사람들의 공중도덕심을 알 수 있다. 쓰레기를 함부로 버리는 것은 예사이고 10m도 안 떨어진 곳에 화장실이 있는데도 대변까지 보고 가는 인간이 있다. 요즈음은 공중도덕에 대해 아예 방관적인 걸로 알고 있다. 자기주장을 앞세우기보다 남을 배려하는 마음을 가져야 하겠다.

골프채로 솔방울이나 씀바귀 풀로 스윙연습 운동을 한 다음 집으로 향한다. 옆집 배 소장이 "어르신, 아침 운동 다녀오세요?" 하면서 인사를 나눈다. 4㎞ 정도의 거리를 한 시간 걷기 운동을 종료하고 집에 도착한다.

날씨 변덕으로 인하여 고생한 일이 생각난다. 여름의 주천강은 강을 중심으로 안개가 자욱하다. 어느 날 안갯속을 가면서 지난밤에 약간의 비가 왔지만, 오늘은 안개를 보니 비가 오지는 않겠지 하는 막연한 생각으로 걷고 있는데 예버덩 약수터에서 간단한 운동 후에 문학관 방향으로 가려고 하는데 갑자기 빗방울이 뚝뚝 떨어진다. 허겁지겁 예버덩 방향으로 계속 갈까, 민긍호 전적이 방향으로 돌아갈까를 결정하지 못하고 우왕좌왕하다가 보니 소낙비가 온다. 황급히 진 씨 내 쉼터에 가서 비를 피했다. 그 사이에 집사람한테서 전화가 왔다. 우산을 가지고 오겠다고 한다. 그러라고 하고는 앉아서 기다렸다. 조금 후 비가 멈추는 기색을 느끼고 다시 걸어서 전적비 방향으로 갔다. 아내와 만나 함께 돌아왔다. 그 일이 있던 후부터 비는 강림면 소재지로부터 몰려온다는 사실을 알게 되었다.

걷기운동이 마지막 인간이 할 수 있는 운동으로 생각하고 있다. 먹을 수 있고 걸으면 살 수 있다고 한다. 아침형 인간이 할 수 있는 운동이기도 하다. 열심히 걷는 운동으로 건강을 유지하여 '구구팔 팔이삼사'라고 하는 노인들 사이에 전해오는 구호를 지킬 수 있기를 소원한다.

검사받는 날

너무나 지쳐있었다. 간신히 말을 하면서 이제 돌아갈 생각에 그리고 모든 검사가 끝났다는 안도감에 젖어 들었다.

"제가 조금 일찍 하도록 부탁을 했습니다. 조금 일찍 한 걸 느끼시죠?"

아직도 밤 9시가 안 되었으나 거의 한 시간 정도는 앞당겨 검사했다. 매몰차게 접수 순번 쪽지를 쓰레기통에 버리면서 "아직 예약 시간이 안되었으니 기다리십시오." 하고 말하는 여자 간호사보다 남자 간호사가 훨씬 부드럽게 하는 이야기를 들으면서 고맙다는 말을 연거푸 하였다. 횡성으로 이 밤에 돌아가느냐고 묻길래 가야 한다고 거짓말을 했다. 사실 경기도 광주에 가면 되는데…

오늘 하루 검사를 받기 위해 새벽 4시에 일어나서 평소에 하던 대로 따뜻한 물 한 컵과 보리 새싹 물 한 컵을 마시고 8시경 아침을 먹고 10시에 병원으로 출발하여 간신히 한자리 남은 주차장에 차를 두고 검사를 받고 있다. 병원 출입은 코로나로 인하여 엄격하게 통제되고 있다. 병원에서 보내주는 QR 코드를 이용하여 들어

올 수 있었다. 시간상으로는 오후에 하게 되어 있으나 도착과 동시에 제일 먼저 채혈을 하였고 그리고서 채혈실 앞에서 계속 다음 검사 시간을 기다리고 있었다. 재래시장의 장날에 구름처럼 모여 있는 사람들의 모습을 연상케 한다. 많은 사람이 검사를 위해 채혈실로 들어가는 장면을 보면서 어디가 어떻게 아픈지를 상상해보기도 하고 옆자리에서 부자간 걱정스러운 대화를 듣기도 하면서 시간을 보냈다.

살아가는 기간이 옛날보다 길어지고 삶의 질이 좋아지고 있다. 병을 고치려고 모여드는 사람들 속에 나 자신이 있음을 느낀다. 병원에 들르고 검사를 받고 치료를 받는 일도 일상의 하나로 마스크를 썼듯이 익숙한 삶의 한 모습이기도 한 것이다.

점심을 거르고 사진을 찍어야 하니 어쩔 수 없이 금식해야지만 남편의 병수발에 고생이 많은 집사람은 식당으로 가서 식사하게 하였다. 결혼 50주년이 다 되어 간다. 고생만 시켜 미안한 마음을 항상 가지고 있다. 나이 먹어 가면서 마누라 말이 천금 같은 무게를 가지는 명령이 되고 있다.

다음은 뼈 검사가 오후 1시에 주사 맞는 시간이 잡혀 있다. 먼저 가서 접수를 해두고 1시경에 검사장을 가서 주사를 맞고 오후 3시 40분까지 다시 오면 뼈 검사를 한다고 하였다. 주사를 맞고 나서 시간을 보내기가 쉽지 않다. 채혈실 앞에 앉아서 환우들의 모습을 보면서 마음의 위안으로 삼거나 아니면 병원 구경을 다니면서 여러 사람의 모습과 나를 비교해보기도 한다.

CT 촬영은 오후 8시 50분에서 9시 10분으로 예약되어 있어 4시 20분경 뼈 검사가 종료된 후 4시간을 기다려야 하니 어떻게 시간을 보내야 할지 답답하다 못해 서서히 지쳐 가고 있었다. 아침에 한 피검사 결과가 궁금하다. PSA 수치가 어떻게 나왔는지, 핸드폰에 깔린 병원 건강 앱에 들어가서 확인을 해보기를 몇 번, 결국 수치가 전번과 비슷한 0.278이라는 수치를 알게 되어 마음이 한결 놓인다. PSA 수치를 전립선암의 기준 지표로 삼고 있어 30개월이 지난 요즈음 호르몬 치료 약이 혹시 불응이 오지 않나 하는 의구심으로 마음을 졸인다.

또다시 병원 구내를 돌아다니면서 환자들의 기다리는 모습들을 본다. 이렇게 많은 사람이 병에 걸려서 왔다고 생각하니 며칠 전 읽은 불교 서적에서 고통의 원인을 없애고 열반에 이른다는 팔정도를 지키면서 살아야겠다는 마음을 갖게 한다. 예약 시간이 한참 남았는데도 미리 접수를 해두고 혹시 오지 않은 분이 있을 때 당겨서 할 수 있지 않을까 하는 마음으로 기다린다.

어둠이 찾아오자 그 많은 환우가 모두 썰물처럼 각자 가야 할 곳으로 돌아가고 나면 CT 대기실에 남은 몇 분만이 차례를 기다린다. 환자복으로 갈아입고 마스크는 물론 썼고, 이름을 부를 때까지 전광판을 보면서 말없이 앉아있다.

드디어 이름이 불려 주사를 맞고 CT실에 들어가 20여 분 후 나와서 기다리다 아무 이상이 없으면 바늘을 빼고 집으로 돌아간다.

검사는 끝나고 터덜터덜 걸어서 조금 외로움을 느끼며 주차장엘 가면 차가 기다리고 있다. 오늘 검사도 무사히 받았다는 안도감과 일주일 후 의사분의 상담을 생각한다.

그간 수 회에 걸쳐 검사를 받았다. 갈수록 검사에 지쳐 가는 이유는 나이 때문일 거라는 생각을 한다. 이번 검사는 남자 간호사의 배려로 정해진 시간보다 조금 일찍 할 수 있었음을 고맙게 생각한다. 일주일 후에는 담당 의사선생님의 "식사는 잘하세요?" 하는 질문만을 듣고 다시 3개월의 삶을 허용받았으면 하는 마음이다. 열심히 성실하게 주어진 시간을 보내야 한다는 다짐을 하면서 밤 10시를 지나 광주 집엘 도착하였다.

'긴병에 장사 없다.'라는 속담이 있듯이 암이란 게 최소 5년은 잘 관리되어야 낫는 거라 앞으로 3개월에 한 번 피검사와 6개월에 한 번 CT와 MRI 검사를 받으면서 완치 판정을 받는 날까지 계속될 것이다. 급한 성질 죽이고 너무 신경을 곤두세우지 말고 그냥 몸을 맡기는 기분으로 시간을 보내고 검사에 임하는 것이 덜 피곤하지 않을까 생각해본다.

배드민턴의 추억

 이웃집에 새로 이사 온 배 소장이 나와 같이 우리 집 마당에서 배드민턴을 몇 번 치고 해서 매일 아침에 같이 배드민턴을 했으면 하는 생각이었다. 다음날 전화하여 아침 운동을 함께하자고 하니 아예 대답을 안 해버린다. 그 시기에 배 소장은 이미 강림면 배드민턴 동호회에 나가서 배드민턴을 시작하고 있었다. 열심히 운동하다 보니 장딴지 인대가 나가서 붕대를 감고 다니는 모습을 보기도 하였으나 가고 싶기는 하지만 관심을 두지는 않았다. 오래전에 이곳 강림면에서 배드민턴 동호회를 결성한다는 플래카드를 보고 한번 가보았으나 밤 8시에서 10시까지의 야간 운동을 하는 것이 낮에 농장에서 일하고 몹시 어려울 것이라는 생각에 가입하지 못하였다. 그리고 세월이 흘러 배 소장이 새로운 이웃이 되고 보니 자연스럽게 배드민턴의 재미를 다시 머릿속에 떠오르게 되었다.

 옛날 수원 망포동 아파트에 살면서 단지 내에 있는 배드민턴장에서 10명 정도의 나이 좀 먹은 이웃이 모여 동호회를 구성하였다. 제일 잘 치고 삼성코닝 배드민턴장에서 동호회 활동하고 있는 아파트 입주자 대표회의 김 회장을 코치로 모시고 배드민턴을 배우기 시작하였다. 다른 사람에 비해 운동 신경이 좋아 빨리 배우고 힘도 좋아서 강력한 스매싱을 구가하면서 기술도 개발하는 등 월등히 앞서 나갔다. 무엇보다도 이기겠다는 생각으로 열심히 뛰어다니는 바람에 게임을 리드할 수 있었다. 하지만 정확한 기본자세를 제대로 배우지 않고 주먹구구식으로 운동을 하여 힘이 들었다. 하지만 당시만 해도 힘이 넘치는 50대 후반이고 60대 초반으로서 크게 문제가 안 되었다. 아침 6시면, 아니 눈뜨면 배드민턴장으로 모여 처음에는 상호 간 난타를 치다가 게임을 한다. 남자 복식 위주로 하고 간혹 부부 혼합 복식을 하는 경우도 있다. 문제는 잔소리와 큰소리로 배드민턴장이 날아갈 듯하였다. 아파트 주민들의 원성이 들리기 시작하였다. "잠 좀 자자. 좀 조용히 해라! 아기가 깨어서 울고 있어요." 하는 소리가 창가에서부터 들렸다. 운동 실력이 향상되니 삼성코닝으로 장소를 옮겨 그곳에서 동호회에 가입하여 치기 시작하였다. 처음에는 게임이 되지 않을 정도로 실력이 모자라서 배우는 데만 중점을 두고 열심히 배웠다. 그리고 삼성코닝 선수들이 나가는 게임장에 따라가서 응원하며 눈으로 선수들의 동작이나 운동하는 모습을 유심히 보고 배웠다. 차츰 실력이 늘어 나중에는 코닝 동호회에서 등수에 들어가는 실력을 갖췄다. 아파트 단지에서 3년간 운동을 하고 코닝에서 2여 년을 치고 인접 망포초등학교 강당을 빌려 망오 배드민턴 동호회를 조직하여 초대회장을 하였다. 그곳에서 본격적으로 배드민턴을 시작한 것이다. 퇴근 시간을 고려하여 오후 7시부터 9시까지 운동하게 하였다. 모든 운동이 그렇겠지만, 배드민턴은 한번 재미를 붙이면 시간 가는 줄 모른다. 심지어 꿈속에서도 배드민턴을 친다. 아슬아슬한 장면에 잠을 깨기도 하는 꿈을 연속으로 꾼다.

회원 가운데 윤 사장이라는 나이 젊은 사람이 있었다. 이분이 배드민턴이 일취월장 실력이 향상되는 바람에 완전히 재미에 빠졌다. 그러나 윤 사장이 심장이 별로 좋지 않아 운동할 시에 간혹 숨을 가쁘게 몰아쉬는 경우를 자주 목격하고 조심하라고 이야기하면서 너무 무리한 운동은 삼가라는 이야기하였다. 그러나 젊은 사람 귀에는 잔소리로 들리고 크게 신경을 안 썼다. 그래도 약은 먹고 다니면서 운동을 열심히 하는 걸 자주 보았다. 어느 날 저녁을 먹고 집에 있는데 전화가 왔다. 윤 사장이 심장마비로 죽었다고 하면서 아주대 응급실에 있다고 한다. 허겁지겁 아주대 응급실로 달려갔다. 응급실에 도착해 보니 이미 사망하여 흰 천으로 가려져 있었다.

전날 생일이라고 새벽까지 음주하고 오늘 삼성코닝에서 배드민턴 시합을 하다가 심장마비로 그 자리에서 막대기처럼 뒤로 넘어졌다고 한다. 그 당시만 해도 응급처치나 심장 박동기 사용 등이 알려지지 않은 상태라 모두 그냥 보고 있었다고 하니 답답할 수밖에 없었다. 아스피린을 한 알 입에 넣어 주어도 되는데 하는 생각이 머리를 스쳤다. 아까운 생명이 자신을 너무 과신한 나머지 결국 황천객이 되고 말았다. 윤 사장이 장사지내는 무덤 옆 공지에서 사용하던 라켓을 부인이 나에게 주며 사용하시라고 하였다.

"어린 아들에게 주세요. 그래서 나중에라도 아버지를 기억할 수 있을 겁니다."

그리고 아들의 손에 쥐여 주었다. 당시 윤 사장의 죽음의 슬픔으로 격분하여 앞으로 배드민턴을 안 하겠다며 가지고 있던 라켓 중 가장 좋은 라켓을 배드민턴장 바닥에 집어 던져버렸다. 그 후로는 배드민턴을 하지 않았고 운동용품은 손녀들에게 나누어 주고 말았다.

시골에 와서 배 소장이 배드민턴 운동 하는 걸 보고 나 자신도 슬슬 하고 싶어졌다. 핑계로 한참 배드민턴을 칠 때 사둔 새 운동화를 한 번이라도 신고 싶다고 했다. 그래서 다시 배드민턴장으로 나가야 한다는 핑계를 대면서 5월 말일에 배 소장과 함께 강림중학교에 만들어져 있는 배드민턴장을 찾았다. 처음에 회원 5명으로 시작하여 현재는 12명까지 늘었으나 아직도 몇 명 되지 않는다고 이야기를 하면서 일단 한번 쳐보고 할 수 있으면 입회하라는 이야기를 했다. 라켓을 내동댕이치고 10년이 지나고 처음으로 배드민턴장에서 라켓을 잡았다. 10년 전 사둔 신발을 처음 신었다. 옛날 배드민턴을 함께 치던 회원들의 모습이 교차한다. 감개무량함을 느꼈다.

약간의 연습을 해보니 그래도 칠만하다는 생각이 들었다. 처음 치는 날은 야간 전등불의 밝기에 아직 적응이 덜 되어서인지 헛스윙을 치는 일이 잦았다. 그리고서 여름 배드민턴복을 구매하였다. 복장부터 갖추자는 생각이었다. 두 번, 세 번, 회를 거듭할수록 그래도 옛날 실력이 조금씩 나타나기 시작하였다. 하지만 나이 70 중반인 주제에 너무 무리하는 일은 없도록 이틀에 한 번 낮에 농장 일을 했을 경우나 멀리 걷기운동을 한 경우는 삼가기로 마음을 먹었다.

아무리 늦은 밤에 하는 운동이지만 재미있는 배드민턴 운동을 이제 서서히 다시 맛보기 시작하게 된 것이다. 게임을 하고 웃으면서 함성을 지른다. 그리고 잔소리를 한다. 코트 밖에서 보면 실수하는 게 잘 보인다. 작년에 전립선암 선고를 받은 암환자라는 생각은 없다. 그냥 건강한 사람으로 자신이 착각하여 열심히 운동하고 있다. 그러다 보면 새로운 삶이 계속 이어질 것으로 생각한다. 나의 영원한 운동친구를 새로 사놓은 신발 때문에 다시 만나게 되었다. 새 운동화도 10년이 지나서인지 표면 부분이 헐거워지고 있다. 사용하고 관리하는 게 중요하다. 인간의 몸도 움직이고 관리하기 나름이란 걸 다시 한 번 생각하게 한다.

생활 배드민턴 전국대회 참가기

배드민턴을 새로 시작한 지 3개월에 접어들었다. 그간 열심히 치기는 했으나 겨우 앞자리에 서서 날아오는 공을 막는 수비수 역할 외는 아직 옛날 전성기의 실력 발휘가 되지 않고 있다. 이웃집 배소장의 배려로 한팀이 되어 나는 주로 앞에 서서 막고 뒤에서 배소장이 모든 공을 처리하는 역할을 하는 혼합 복식 형태였다. 힘이 넘치는 배 소장의 덕분으로 클럽 내에서 그런대로 조금은 친다는 수준이었다. 다른 회원과는 그간 한 팀으로 별다른 게임을 해보지 않아서 사실상 두 사람의 호흡이 잘 맞는다고 생각을 하였다. "어르신은 앞에서 하이클리어로 멀리 보내시기만 하면 됩니다."라는 배 소장의 말을 듣고 그대로 실천하고자 노력하였다.

8월 24일과 25일 이틀간의 횡성 한우배 생활 배드민턴 전국 시합이 있다는 소식이 전해지면서 회원끼리 누구와 함께 나갈 것인가를 논의하게 되었다. 배 소장의 일방적이고 호의적인 지명에 따라 남자 복식 60대 D조에 출전 신청을 하기로 하였다. 참가비는 1인 2만 원으로 점심을 제공하고 기념품도 준다니 참가해볼 만하다는 생각이었다. 클럽에서는 여복 한 팀, 남복 두 팀, 혼복 한 팀, 신임 조 한 팀으로 출전 신청을 하여 대회에 참가하였다.

그래도 시합을 한다니 얼마 남지 않은 기간이나마 연습을 해야 하고 두 사람이 한 팀이 되어 다른 팀과의 게임을 계속하면서 나름 대로 게임 실력을 향상시켜 나갔다.

일전에 참가한 횡성군 협회 주최의 클럽 대항전에서 배 소장 팀이 한번 이긴 것을 보고는 이번에도 배 소장이 잘해 주겠지 하는 막연한 기대감을 품고 있었다. 그런데 경기 시간표를 보니 배 소장이 신청한 혼복 시간이 오전이고 오후에 나와 함께 하는 남복 게임이 편성되어 있었다. 그러니 오전에 3게임을 치른 배 소장의 기력이 다 떨어지는 환경에서 나와 함께 시합을 해봐야 이길 수는 없다고 생각을 하게 하였다.

시합 당일 아내와 함께 우선 횡성 실내체육관을 방문하여 혼복 시합을 한 배 소장을 찾았으나 이미 시합이 끝나고 이동한 상태였다. 전화해서 같이 식사하자고 하였으나, 자신은 식권으로 식사하겠다고 하여 아내와 둘이서 경기 잘하라는 은원과 함께 염소랑 집에 가서 식사하고 횡성 고등학교 시합장을 찾아가서 배 소장을 만났다. 시합 시간이 12시 45분 1코트 20번째 시합이라 조금 기다리는 시간이 있었다. 대기하는 동안 다른 팀의 전력을 탐색하느라 배 소장은 뛰어난 친화력을 앞세워 이 사람 저 사람에게 말을 걸기 시작하였다. 가만히 이야기를 들어 보니 모두 전국대회에만 출전하는 베테랑 선수들이라고 생각을 하게 되었다. "누구는 스매싱을 잘하는데, 오늘은 안 쓰는구먼, 저 팀은 작년에 준우승한 팀이다."라는 등 서로 잘 알고 있다고 생각을 하였다. 자신은 6년간 경기에 참가하여 겨우 1승 하였다고 말하는 사람도 있었다. 결국 '이 사람들은 전국투어하며 대회만 참석하는구나.' 하고 생각되었다.

드디어 첫 게임이 시작되었다. 실력 차가 너무 나서 턱도 없는 수준이라 겨우 8점을 얻고 25대 8로 게임을 종료하고 나왔다.

두 번째 게임은 4코트 25번째 게임으로 오후 2시 45분에 하게 되어 있었다. 게임이 시작하자마자 형편없이 깨지고 있었다. 공을 좌로 보냈다가 우로 보내고 하니 배 소장이 지쳐서 결국 쓰러지기까지 한다. 앞에는 살짝 비켜서 놓는 방법으로 공이 들어오니 어떤 대책도 강구하지 못하고 있었다. 이러다가는 0점으로 끝날 수 있다는 생각이 들었다. 전국시합장에서 나온 선수가 할 말은 아니지만, 나이가 많다는 것을 앞세워서 말했다. "여보! 좀 살살 합시다. 너무 세게 몰아붙이지 말고 즐겁게 합시다."라고 상대방 선수에게 이야기했다. 그렇게 하자고 고개를 끄덕인다.

사실 나는 70대로서 70대 게임에 나가야 하는데 상대방이 없어서 60대에 나온 만큼 나보다 연장자는 없다고 생각하고 있었다. 그래서 그렇게 말할 수 있었다. 그 후부터 게임을 조금 재밌게 하는 쪽으로 하다 보니 이번에는 그래도 12점을 딸 수 있었다. 결국, 12대 25로 패하게 되었다. 게임이 끝나니 심판이 하는 말이 "처음 보는 아름다운 경기였다."라고 말하는 걸 들으니 너무나 한심한 실력 차이를 느낄 수 있는 상태였다. 우리 팀과 처음 게임을 한 팀이 그날 60대 D조에서 우승하였으니 우리는 우승팀과의 첫 게임에서 그래도 8점을 땄다고 자의 하기로 하였다. 전국대회를 너무 쉽게 생각하였다. 반성하면서 다음 기회에 다시 도전하기로 마음을 먹었다.

이렇게 주어진 두 번의 시합을 모두 끝내고 다른 회원이 게임을 하는 장소인 국민체육회관으로 이동하였다. 그곳에서 회원들과 서로 인사를 하고 다음 팀 55세 D조에 출전하는 클럽의 에이스 두 분의 경기를 관람하였다. 결국, 24일은 소속 클럽팀은 전패하는 기록을 세웠다. 다행히 25일 신입 E조의 남복 두 명이 출전한 게임에서 1승을 거두는 성과를 이루기는 하였다.

공을 치기 위하여 온몸 던지는 선수들을 보면서 올림픽 선수들의 모습을 연상해 본다. 배드민턴을 하는 인구가 늘어나고 기술도 발전하여 구경하고 있으면 정신이 없다. 그리고 자신도 모르게 박수와 탄성이 절로 나온다. 무엇보다도 재미있고 즐거운 운동이란 점을 확인한 기회였다. 겁 없이 운동으로만 생각하고 경기 경험을 해보자고 도전한 전국대회의 문턱이 높다는 걸 실감하였다. 지역에서 개최하는 경기인 만큼 횡성군 내에 있는 클럽으로서 참가하는 게 당연하다는 생각도 하였다. 70대 팀도 있으면 다른 게임 결과가 나올 수도 있는데, 시합에서 승리에 대한 욕심은 버리고 운동의 한 종목이라는 생각으로 앞으로 더욱 열심히 해야겠다. 전국대회에서 언젠가는 1승을 하겠다는 당찬 포부를 갖고 오늘도 클럽 운동 시간에 맞추어 체육관으로 나간다. 강림 배드민턴 클럽 파이팅!

검사와 진료

눈이 안 오기만 기다릴 수는 없다. 눈이 온 다음 날 쌓인 눈을 밟으면서 버스와 전철을 타고 검사받으러 갔다. 6개월에 한 번씩 CT, MRI 검사를 받는다. 작년 7월에 받고 이번에 받게 되었다. 작년에 받아봐서 알지만 기다리는 시간이 너무 지루해서 오늘은 오후에 출발하기로 하였다. 하지만 급한 성질 때문에 결국은 2시에서 한 시간 당겨진 1시에 출발하였다. 우선 심전도와 피검사를 하고 5시 시작되는 CT 검사를 위해서 기다렸다.

4시 30분에 가서 접수하니 바로 검사 복으로 갈아입고 기다리란다. 그래서 생각지도 않고 접수만 해두고 기다릴 생각이었는데, 옷을 갈아입고 기다렸다가 촬영을 끝내고 나오니 간호사가 물을 한 컵 마시라고 하였다. 물 한 컵 마시고 바늘을 제거하고 MRI를 찍으러 가야 하는데 물을 먹으면 안 되는 거 아니냐 하니 그때 당황한 모습으로 얼마 마셨는지를 묻고 MRI 찍을 곳에 전화해서 문의하고 난리다. 사실은 물을 먹으면 안 되는데 입에 익은 소리로 먹으려고 한 말이었다는 것을 알 수 있었다. 아무튼, 물은 마셨으니 어쩔 수 없고 괜찮다는 연락을 받고 MRI 촬영장으로 갔다. 그런데 기계를 새로 설치한 건지 소리가 너무 시끄럽고 시간이 오래 걸려 짜증이 나서 혼났다. 언짢은 소리를 촬영기사에게 하였다. 기다리던 사람들도 너무 오래 걸렸다고 하면서 의구심을 품고 있었다. 아무래도 처음 촬영하는 기사의 시험용이 된 것 같은 생각이 든다.

이제 집으로 가야 하는데 복도를 따라 걸어서 차 있는 곳으로 가기 위해 4층으로 가서 가야 하는데 입구를 막아두었다. 7시 이후에는 통행금지라서 결국 다시 내려와 도로를 따라 주차장으로 올라가서 차를 타고 나오니 7시 30분 정도 된 것 같다. 눈이 서서히 조금씩 내리기 시작하는 것 같아 마음이 급하다. 그래도 다행인 것은 집에 도착하고 나니 바로 함박눈이 쏟아져서 아찔한 생각이 들었다. 하늘이 도와주지 않았으면 눈 속에 차량 운행은 어려워서 힘들게 왔을 것이다. 집에 돌아오자마자 피검사 결과를 인터넷으로 확인하였더니 전번보다 PSA 수치가 조금 줄어 있었다. 마음이 놓인다. 올라가면 불응이 왔는가 하는 의심을 품게 되기 때문이다.

일주일이 지나고 의사 상담을 가는 날의 하루 전날에 눈이 온다. 내 차를 가지고 못 가니 내일 아침에는 혼자 다녀오겠다고 집사람에게 이야기하고 아침을 기다렸다. 새벽에 일어나서 보니 눈이 조금씩 뿌린다. 6시 30분에 집에서 나갔다 버스정류장에 가니 아무도 없다. 마침 바로 버스가 와서 타고 전철역으로 가 전철을 타고 다시 마을버스를 타서 병원에 도착하였다. 북적이던 병원 내가 아직은 조용하다. 1층에 자리를 잡고 기다리다가 병원 내를 걷기 시작 한다. 뱅뱅 돌아다니면서 이것저것 구경하다가 8시가 되니 일반적인 업무는 시작되나 보다. 2층 암 병동에 가서 접수해놓고 또 기다린다. 9시 40분이 진료 예약시간이라 한참을 기다려야 한다. 대기실에서 기다린다. 의사가 진료실로 들어간다. 9시가 되니 환자이름을 부르는 소리가 난다. 얼마 있지 않아 아직 시간이 안 되었는데도 나를 부른다. 대답하고 안내석에서 생년월일과 이름을 다시 한 번 확인 후 의사와 마주 앉아서 이야기할 수 있었다. "앉으세요. 하봉수 맞으시죠?" 이름을 재차 확인하고 컴퓨터의 검사 결과를 보면서 말한다. "요즈음 어떻게 지내세요?"라는 질문에 잘 지내고 있다고, 열심히 운동한다고 하니 무리하게 운동은 하지 말라는 말과 상태는 안정적이나 그래도 조심해야 한다는 말로서 진료는 끝나고 다시 주사와 약 처방을 받아서 주사실에 들렀다.

이곳은 암 병동 주사실이라 주로 항암 주사와 방사선 치료를 받는 분들이 대기하는 곳이고 나와 같이 일반 주사는 모서리에 대기하다가 주사를 맞았다. 신청된 주사약 비타민D와 호르몬 주사약이 도착하게 되면 간호사가 이름을 부른다. 그리고 호르몬 주사는 배 부위에, 비타민D 주사는 엉덩이에 주사한다.

주사를 맞고 나서 1층으로 내려와 일주일 전 검사한 검사 결과서를 신청해서 받고 약국에 들러 약을 찾으러 가는데 신발 바닥 밑창이 떨어져서 걷기가 어렵다. 약을 타고 나서 다시 병원으로 올 때는 밑창을 떼어서 종이에 싸서 보관하였다. 버스를 타고 다시 집으로 오니 12시가 아직 안 되었다. 돌아오자마자 다시 검사 결과를 번역기로 번역을 해보니 CT와 MRI 모두 '결론적으로 암의 흔적을 찾을 수 없다.'라는 내용이었다. 뼈로 전이 되었던 암세포가 보이지 않는다고 한다. 기분이 좋으면서도 이제 어떻게 해야 하나 하는 생각을 하게 한다. 다행히 전이된 암의 균들은 이제 조용하게 지내는가 보다. 의사 말대로 더욱 조심하여 암과의 싸움에서 승리자가 되어야 한다고 생각을 하게 한다.

인터넷으로 피검사 결과를 당일 바로 확인할 수 있어서 편리하다. 피검사 결과 중 가장 암의 기준치인 PSA의 수치가 종전보다 낮게 나온 결과를 알고 일주일 후 의사와 상담을 하다 보니 마음이 편안했다. 그리고 검사결과서를 받아보고 해석하여 이를 이해함으로써 나의 암 상태가 어떠한지를 알 수 있어 마음의 준비와 일상생활에서의 치료 효과를 가져올 수 있다고 생각한다.

눈 속의 검사와 진료는 눈처럼 깨끗하게 암이 사라지길 바라는 나의 마음이 표현된 것으로 생각한다. 진료 후 며칠 전부터 계단건기 운동 중 뛰기를 할 수 있어 정말 암과의 투병에서 조금은 나아지고 있음을 알게 되었다. 종전에는 제자리 뛰기를 제대로 못 할 뿐 아니라 배드민턴 치다가 점프로 엉덩방아를 찧는 일이 있어서 조심스러웠는데 이제 마음대로 뛸 수 있다는 자신감이 나를 흥분되게 하였다. 벌써 3년 차 투병생활에서 다시 한 번 건강을 되찾아야 한다는 각오를 다진다.

반려견 '딸기'

올해는 개의 해다. 그것도 '황금 개' 해라고 방송에서 떠들썩하게 난리다. 나도 개띠라서 새로운 기운 들어오는 것 같은 마음가짐을 갖긴 하는데 우선 집부터 팔렸으면 좋겠다는 생각뿐이다. 2년 전 집사람이 며느리 때문에 이래저래 속이 상하고 하여 사람보다는 개가 낫겠다고 생각을 하게 되고 혼자 우울한 것으로 생각되어 아들이 키우는 개를 엄마를 위해 주면 안 되느냐 이야기했더니 손주들의 아쉬움을 달래주려고 새로운 개를 사고 난 후 딸기를 우리 집으로 보냈다.

딸기는 요크셔테리어 종으로 올해 12살인 암놈으로서 우선은 털이 안 빠지고 크게 소리 내서 짖지 않고 설쳐대지 않으니 그런대로 키울만하다. 가만히 있다가 누가 오는 기척이 있으면 짖는다. 옆집에 사람이 와도 짖는다. 짖는 소리가 그렇게 크지도 않고 듣기도 싫은 소리는 아니라서 다행이다. 주인은 안 짖고 나와 보지도 않으면서, 들어오면서 이름을 부르면 도망간다. 그래도 2일 정도 안 보면 주인을 반갑게 맞는다. 뒷다리 들고 걷기를 하면서 아양도 떤다. 뱅뱅 돌기도 한다. 집에 오는 사람들에게 아양을 떨면서 아는 체하고 머리를 쓰다듬어 주기를 바란다. '개는 사랑을 먹고 살기' 때문이라 생각한다.

먹이는 하루 세 번을 주는데 기본 식만 주면 안 먹고 간식물을 첨가해서 주어야 먹는다. 일단 자신의 밥그릇에 있는 먹이는 확보해두고 주인이 무엇을 주기를 기다린다. 식당 밑에서 대기하거나 얼굴을 빤히 쳐다보면서 감정을 건드린다. 그래서 간식을 더 얻기 작전을 하다가 안 되면 자기 밥그릇에 있는 밥을 먹는다. 주인이 없을 때는 안 먹고 기다린다. 그러니 외출할 때 아무리 밥을 주어도 먹지 않고 그대로다. 주인과 공감하며 사랑받기를 원하기 때문이다.

아침에는 할아버지 무릎에서 편히 쉬기를 바라는 것은 저녁에 할머니와 함께 자기 때문에 할아버지에 대한 사랑을 표현하기 위해서다. 무릎 위에서 조용히 잠을 청하다가 먹을 것이 생기면 아래로 내려가 시식 자세를 취한다. 대소변은 주인 모르게 화장실에 혼자 살짝 가서 보고 온다. "딸기가 똥 쌌구나!" 하면 미안한 마음을 표현하기 위해 머리를 숙이고 살살 피한다.

운동은 다리 목걸이를 하고 아파트를 나서면 쏜살같이 달린다. 따라가기가 힘들 정도다. 후문으로 나가서 망포중학교 정문을 지나가면 옛날 농촌 진흥원 건물이 있는 옆벽 나무 울타리 옆에서 대변을 보고 소변은 수시로 가로수에 대고 싼다. 암놈인데도 다리는 들고 싼다. 가로수를 두세 개 지나면 오줌을 싸고 걷는다. 한 바퀴 돌면 통상 40분 정도 소요되는 거리를 걸으면서 개 산책을 시킨다. 산책 후 돌아오면 주둥이와 발, 똥구멍을 씻긴다. 개 사료는 농협에서 사거나 홈플러스에서 기본 사료와 간식을 산다. 요즈음은 인터넷으로 구매하고 있다. 이빨 닦는 개 사료는 꼭 사고, 옷은 홈플러스에서 보기 좋은 옷을 골라 산다. 눈에 눈곱이 많이 끼어서 자주 닦아 준다.

시골에서는 집안에서도 있지만, 집 밖으로 함께 산책하러 다니면서 지낸다. 숲속에는 진딧물이 달라붙어서 피를 빨아먹기 때문에 못 들어가게 막는다. 아랫집에 윤 교수 부부가 오면 자신을 좋아하는 걸 알고 부리나케 달려간다. 그리고 아양을 떨면서 사랑을 받는다. 머리를 쓰다듬고, 아예 집안까지 들어갔다가 온다. 추운 겨울에는 밖엘 나가지 못하고 먹이를 가지고 이 방 저 방을 돌아다니면서 간식을 조금씩 던져주면 신속히 와서 주워 먹는다. 그런 동작으로 조금 운동을 시킨다.

딸기가 아파서 난리다. 가슴에 젖 몽우리가 생겨서 그로 인한 염증과 유종의 크기도 커져서 도무지 그냥 내버려 둘 수가 없는 형편이었다. 인터넷으로 치료에 관한 비용을 확인해보니 150만 원 정도는 들게 생겼다. 사람치료비보다 많이 든다는 생각을 지울 수가 없다. 궁리하다가 비가 오니 수원으로 갈 수 없고 횡성으로 갔다. 김재문 동물병원으로 가서 유종 두 개를 들어내고 수술한 김에 중성화수술과 치석 제거도 겸해 치료하였다. 비용은 반값으로 할 수 있었다.

수술 후 상태 확인 및 염증 예방을 위하여 두 번을 방문하고 소염제와 안약을 지원받았다. 수술 후 수술 부위에 약간의 염증 외에는 없었다. 다만 물을 많이 먹고 화장실에서 소변을 보지 못하고 아무 곳이나 소변을 보는 실수를 저지르고 있다. 먹는 양이 무지하게 늘어났다. 주는 게 한정이다. 의사와 통화를 하니 당뇨가 있으면 그런 현상이 나타날 수 있다는 말과 함께 언제 피검사를 한번 할 수 있게 데리고 오라고 한다. 시간이 지나면 나아지지 않을까 하는 막연한 생각을 하고 있다.

개는 사랑을 먹고 산다는 말이 있듯이 과거와 미래에 대해서는 생각과 감정이 없다. 오로지 현재라는 시간 속에서 그를 사랑하고 돌봐주는 주인에게 충성과 복종을 하고 주인과의 교감 작용과 반사적인 행동에서 자신에게 주는 사랑만큼 주인에게 무언의 행동으로 보여주어 인간의 감성을 자극하고 위로하며 함께 생활하는 것이다.

개보다 못한 인간이란 말이 있다. 이는 개의 주인에 대한 충성심과 순종에 역행하는 우리가 지켜야 할 도의적인 면이 결여된 인간을 말한다. 자신을 낳아주고 키워주신 부모님에 대한 몹쓸 행동을 말한다.

반려견을 처음에는 못 키울 거라고 아들 내외가 이야기했지만 보란 듯이 잘 키우고 있다. 개에게 주는 사랑만큼 다시 돌아옴을 느끼면서 우리 가족 사회에서도 지켜야 할 덕목이라 생각한다. 부모가 자식을 사랑하는 만큼 연로하신 부모님을 사랑할 수 있는 자식이 되어야 한다. 살아생전에 많은 사랑으로 보답해야 한다.

나의 아파트 계단 걷기운동

열심히 운동하는 것이 나의 암 질환을 이겨 나가는 길이라는 사실을 알고부터 그간 하지 않던 배드민턴부터 탁구, 골프에 이르기까지 할 수 있는 운동은 열심히 해왔다. 시골에서 생활하면서 아침에는 걷기운동을, 저녁에는 배드민턴을 주로 하였다. 그러나 '코로나 19' 시대에 살면서 고령자인데다 암 환자로서 매일 날라 오는 안내 문자에 신경을 안 쓸 수가 없다. 실내체육시설에서 운동은 금지되는 바람에 배드민턴과 탁구는 할 수가 없다. 더구나 겨울에는 더욱 할 수 없는 실정이다. 그래도 봄부터 가을까지는 시골에서 걷기운동은 꾸준히 해왔다. '워크 온' 앱에 가입하여 동네 분들과 함께 걸었다. 하루에 12,000보를 걸어야 챌린저 상품을 탈 수 있어 집사람과 함께 열심히 걸어서 강원 상품권이나 각종 걷기운동에 필요한 상품을 받기도 하였다.

겨울에는 추운 날씨로 인하여 시골에서 도시지역 아파트로 주거지를 이전하여 생활한다. 그러다 보니 아파트 계단걷기와 경안천변 걷기를 열심히 하고 있다. 계단걷기는 평지를 걷는 것보다 운동량이 1.5배 된다고 한다. 그래서 대부분 사람들이 힘들어하고 싫어하는 운동이다. 하지만 나는 암에 걸린 사람으로서 꼭 운동해야 하는 처지이다. 와사보생(臥死步生)의 격언을 명심하고 이를 실천하고 있다.

계단걷기 운동의 시작은 나의 거주지가 9층이다 보니 지하 1층에서 9층까지는 10개 층이다. 그리고 1개 층은 16계단이므로 총 160계단을 걸어야 한다. 이를 5회 반복해서 걸으면 800계단을 걸을 수 있다. 처음 집에서 나와 승강기를 타기 전에 먼저 복도에서 국민 체조로 준비운동을 한다. 승강기를 타고 승강기 안에서 몸을 풀면서 지하 1층으로 내려간다. 올라가는 계단에 회수를 증명하는 사용하지 않는 카드를 한 장 두고 걸어서 9층까지 올라간다. 허리를 꼿꼿하게 펴고 손을 흔들면서 올라간다. 첫 번째 계단 걷기가 제일 힘들고 어렵다. 마음으로 할까 말까를 다투면서 오른다. 더구나 요즈음은 마스크를 하고 오르니 더욱 힘들다. 마지막 9층 입구 도착하면 계단에서 엎드려 팔굽혀펴기를 20회 한다. 이를 5회 반복하면 총 100회를 하게 된다. 두 번째부터는 조금 여유가 있다. 다리에 힘이 생겨 걷는데, 무리가 없다. 이렇게 5회를 걷는다. 승강기가 올라올 때까지 가만히 있지 않고 제자리 뛰기나 태권도 기마자세로 중간 찌르기를 하면서 기다린다. 승강기를 탄 후에는 스쿼시 운동을 하면서 지하 1층까지 내려간다. 계단과 계단을 잇는 계단참에서 밖의 전망을 구경한다. 성에가 낀 유리에 하트를 그리면서 약간의 휴식을 하거나 제자리 뛰기를 한다. 회수 카드는 4장만 계단에 두고 5회차에는 모두 회수하여 올라온다. 결과적으로 계단 800계단과 팔굽혀펴기 100회와 스쿼시 등 땀이 등허리에 나는 운동이 된다. 계단걷기가 끝나면 아파트 지하 주차장의 차량 구경을 하면서 한 바퀴 도는 걷기운동도 잊지 않고 하고 있다. 그러면 '워크 온' 앱의 걷기 보수는 2,500보에서 3,000보 내외가 달성된다.

물론 평지를 걸을 수 있으면 걷겠지만, 요즈음같이 추운 겨울에 아침형 인간으로서 아침 일찍 운동하는 것이 습관화되다 보니 아파트 계단 오르기 운동이 나의 운동이 되었다. 승강기 안에서 주민을 만나는 일은 거의 없다. 아침 일찍이거니와 승강기 내림 스위치를 9층이 지나가면 바로 누른다. 간혹 5층 사람을 만나긴 하지만 계단 오르기를 한다며 자랑하기도 한다. 그러면 나의 하얀 머리와 운동 복장을 보고 웃는다. 그리고 "대단하십니다."를 이야기하면서 내린다. 올겨울도 아파트 계단 오르기로 튼튼한 허벅지를 만들려는 즐거운 운동을 하고 있다.